Eleonor J. Love – Adam Black

Lo dico solo a te: raccolta di racconti erotici

Titolo: Lo dico solo a te: raccolta di racconti erotici

Autore: Eleonor J. Love – Adam Black

ATTENZIONE!

CONTENUTO VIETATO AI MINORI DI 18 ANNI.

"Commetti il più vecchio dei peccati nel più nuovo dei modi."

William Shakespeare

4

Indice

6

After dinner

Ci dobbiamo sposare tra un mese: il mio futuro marito mi ha invitato a cena insieme ai suoi testimoni. Mi chiamo Lea, mio marito si chiama Edoardo, fa il chirurgo, mentre invece io insegno storia all'Università di X. Conoscevo già molto bene i nostri testimoni, perché sono molto amica delle loro mogli. L'anno scorso siamo andati a fare una vacanza in Australia tutti insieme, noi sei. Io e Edoardo, accompagnati da Camillo e Giovanni con le loro mogli.

Mi è sembrato strano quell'invito a cena senza le mogli di Camillo e Giovanni, ma Edoardo mi ha detto che per una volta la festeggiata ero io, perché stavamo per sposarci. Voleva offrire una cena alla sua donna, senza che ve ne fossero altre a disturbare il mio festeggiamento.

Siamo arrivati al ristorante alle otto di sera. Edoardo aveva insistito perché mi mettessi un abito che mi aveva regalato, molto scollato, con la vita stretta e la gonna molto ampia, in uno stile che andava di moda negli anni sessanta, ma che a lui piace ancora molto. Edoardo si era anche raccomandato che non mi mettessi i collant, ma ha preteso che indossassi un reggicalze di pizzo, che secondo lui era perfettamente intonato all'abito nero con la gonna che si allargava dalla vita in giù, facendomi sembrare un fiore con la corolla completamente aperta e girata verso il basso.

Quando siamo arrivati, Camillo e Giovanni ci aspettavano in piedi di fianco al maître che ci ha accompagnato nella sala più antica del ristorante, decorata con boiserie di legno alle pareti e una carta da parati di colore crema, decorata da foglie di vite che si incrociano fino ad arrivare al soffitto.

Ci siamo seduti e Edoardo ha subito ordinato una bottiglia di champagne, seguita immediatamente da un piatto di ostriche sul quale i tre amici si sono buttati con golosità. Io non amo le ostriche, mi sembra a volte che possano soffocarmi quando le devo mandare giù intere, senza masticarle. Edoardo mi ha subito chiesto se ne volevo mangiare una, E quando gli ho risposto di no, per la prima volta nella mia vita mi ha dato un ordine: "Questa sera, cara, decidiamo noi per te". Mi ha passato un'ostrica sulla quale aveva spremuto un po' di limone e ha preteso che la mangiassi. Così ho fatto. Camillo e Giovanni mi guardavano curiosi, stupiti dalla mia improvvisa obbedienza.

La cena è poi stranamente proseguita nello stesso stile. Edoardo mi ha indicato quali pietanze mangiare e quando siamo arrivati alle ultime portate, tra cui un'anatra arrostita di cui non avrei assaggiato neanche un pezzettino, mi sono trovata a essere imboccata dal mio futuro marito che sembrava leggermente irritato dal fatto di dovermi costringere a mangiare l'anatra.

Non sono neanche riuscita a capire come abbia potuto capitolare nel giro di un'ora, lasciando che il mio futuro marito mi trattasse come una bambina che faceva i capricci. E quando i camerieri ci hanno servito una crème brûlé, Edoardo ha detto a Camillo: "Gliela fai mangiare tu, per favore?". Camillo allora mi ha afferrato neanche troppo gentilmente per i capelli e mi ha detto: "Apri la bocca". Mi sono trovata ad ingoiare la crema ricoperta di zucchero caramellato, mentre Camillo continuava a tenermi saldamente afferrata per i capelli.

Dovevo avere uno sguardo terrorizzato, perché Edoardo ha detto a Camillo: "Vogliamo dirle cosa sta per succedere?".

La mano di Camillo si è mossa allora con più leggerezza tra i miei capelli, trasformandosi in una carezza. Poi Camillo è scoppiato in una risata e ha detto a Giovanni: "Lascio a te l'onore di spiegarle cosa significa il matrimonio".

Ho avuto l'impressione che Giovanni mi considerasse una perfetta stupida, perché mi ha chiesto: "Ancora non hai capito?".

Sentivo il cuore che batteva fortissimo. Edoardo osservava la scena in silenzio, sorridendo, aspettando la mia risposta. Ho continuato a tacere. Volevo sentirmelo dire da loro...

E' stato Camillo a parlare per primo: "Lea, pensi che tuo marito non abbia mai fatto l'amore con mia moglie o con la moglie di Giovanni? Anche mentre eravamo in vacanza insieme in Australia? Credi che una donna avrebbe potuto sposare me, Giovanni o Edoardo, senza accettare un patto fatto tra noi tre quando avevamo vent'anni?".

Ho guardato Edoardo. Lui ha annuito e mi ha detto: "Sì Lea, se una donna vuole sposare uno di noi, deve sapere che non potrà mai più negarsi a nessuno degli altri. Abbiamo stabilito molti anni fa che avremmo avuto tutti e tre il diritto di fare l'amore con le nostre donne, dopo che ci avrebbero sposato. Posso fare l'amore tutte le volte che voglio con la moglie di Camillo e con la moglie di Giovanni. E ti assicuro che ieri sera mi sono molto divertito, mentre tu preparavi la lezione per il giorno dopo all'università".

Ero in effetti rimasta a casa da sola fino a mezzanotte, aspettando che lui mi venisse a trovare. Alle undici aveva ricevuto una telefonata in cui Edoardo mi diceva con una voce più affettuosa del solito che sarebbe arrivato in ritardo. Quando aveva suonato a mezzanotte, i suoi occhi sorridevano e mi aveva spinto verso il divano, girandomi con una mossa veloce, e facendomi inginocchiare contro il sofà.

Avevo sentito il suo pene che mi penetrava con qualche fatica, perché non ero preparata all'amore. Ma poi, nel giro di qualche minuto, l'eccitazione aveva prodotto i suoi umori e Edoardo era riuscito a farmi avere un orgasmo, mentre me lo spingeva dentro con forza.

Ho chiesto a Edoardo: "Ieri sera, prima di tornare a casa, dov'eri stato?".

Lui si è messo a ridere: "Cara, credi veramente che io faccia l'amore solo con te? La vita sarebbe noiosa se dovessi fare l'amore sempre e solo con te, devo proprio dirtelo. Ma quando sto con la moglie di Camillo o quella di Giovanni, poi ho più voglia di farlo anche con te. Devi capire che il nostro matrimonio potrebbe funzionare solo se tu accettassi di rispettare questo patto: sarai la donna di ognuno di noi e non potrai mai negarti quando ti chiederemo di scopare".

E' stato Giovanni a domandarmi se volevo tornare a casa: mi avrebbe accompagnato lui, mentre Edoardo e Camillo lo aspettavano nella saletta con le foglie di vite sulle pareti. Ha poi messo in chiaro con una voce dolce e gentile che non dovevo aver paura che cercasse di fare l'amore con me: mi avrebbe lasciato a casa, controllando che entrassi sicura nel portone, e poi sarebbe tornato dai suoi amici.

Strano che fosse stato Giovanni a chiedermi se volevo andarmene, e non Edoardo, il mio futuro marito. L'ho guardato mentre lui mi versava un po' di vino bianco nel calice di fronte al mio piatto e gli ho domandato: "Cosa vuoi che faccia, Edoardo? Vuoi che me ne vada?".

Aveva un'espressione di irritazione quando mi ha risposto: "Lea, devi capire che se mi sposerai, sarai la moglie di ciascuno di noi. Se Giovanni ti fa una domanda, è come se te la facessi io. Rispondi a lui, e risponderai anche a me".

Sono rimasta in silenzio. Allora Giovanni si è alzato e mi ha detto: "Vieni, Lea, ti accompagno a casa…".

Ho cominciato a piangere: sono innamorata di Edoardo, non potrei rinunciare a lui. Ho bisogno di guardare la sua faccia, di sentire il suo odore, di vederlo nudo nel mio letto la mattina quando mi sveglio e lui entra dentro di me, con decisione, senza che possa opporgli resistenza, perché so quanto gli piace fare l'amore e so benissimo quanto sarebbe facile per lui trovare un'altra donna. Non gli ho mai detto di no, perché lo perderei, e non voglio perderlo.

Ho preso la mano Edoardo: "Come potrei vivere senza di te?". Lui allora mi è sembrato ancora più infastidito: "Lea, nessuno di noi ti chiederebbe mai di fare qualcosa che vada contro la tua volontà. Puoi tornare a casa anche adesso: non ci sposeremo, ma resteremo amici e potrai contare sempre su di me. Ma se decidi di diventare mia moglie, dovrai rispettare il nostro patto. Deve essere una tua scelta, libera e consapevole, perché nessuno di noi ti farà mai violenza, nessuno ti prenderà contro la tua volontà".

Ho cominciato a singhiozzare: amo Edoardo, non posso vivere senza di lui. Sentivo il petto che tremava, quando ho risposto: "Accetto la tua condizione, perché ti amerò per sempre e voglio essere tua moglie".

Lui mi ha sfiorato il mento con la mano, ripetendo un gesto che fa sempre e mi piace tantissimo, come se io fossi la sua bambina: "Lea, sei sicura? Se dirai un no, uno solo, a uno di noi, il nostro matrimonio sarà finito. Sarà come avere tre mariti, non uno solo. Sei pronta ad accettarlo?".

Ho risposto di sì: "Sì, Edoardo, sono pronta, voglio passare tutta la vita con te".

A questo punto ho sentito la mano di Camillo che mi afferrava per i capelli con una certa forza. Mi ha voltato la testa verso di lui e mi ha detto: "Devi essere sicura della tua risposta, te lo chiediamo per l'ultima volta: vuoi accettare la sua proposta e restare qui con noi?".

Ma ormai sapevo che non sarei tornata indietro: "Camillo, chiedimi quello che vuoi, ho deciso di sposare Edoardo, non cambierò idea".

Lui allora mi ha lasciato i capelli, proprio mentre entrava il maître con una bottiglia di champagne. Abbiamo aspettato che riempisse i nostri bicchieri e poi Camillo gli ha detto: "Potrebbe non disturbarci fino a quando non la chiamiamo ancora noi?".

Il maître allora mi ha guardato negli occhi, solo per secondo, ma ho capito che sapeva cosa stava per succedere. L'uomo ci ha salutato e poi ha chiuso la porta della saletta.

Allora Giovanni mi ha detto con un tono deciso: "Alzati e tira su la gonna, vogliamo vederti".

Mi sono alzata in piedi e ho sollevato il vestito, appena un po', ma Giovanni ha detto subito: "Vieni qui, per favore!". Mi sono avvicinata, lui ha alzato ancora più la gonna e poi ha chiesto a Camillo: "Ti dispiace se comincio io?".

Camillo ha alzato il bicchiere di champagne: "Certamente, caro, fai come desideri!".

Giovanni mi ha sfilato allora con un colpo gli slip e mi ha fatto avvicinare ancora di più. Si è messo ad osservare con attenzione la mia vagina che devo sempre tenere perfettamente depilata, perché Edoardo non tollera la vista del sesso peloso di una donna. Po ha spalancato le grandi labbra aiutandosi con la mano, come se volesse controllare meglio la sua forma. Quindi, mi ha penetrato con due dita, troppo bruscamente, anche se sapeva che mi avrebbe fatto male, perché non ero pronta per l'amore.

Ho trattenuto la voglia di urlare, mentre lui esplorava la mia vagina con le dita, prima con troppa forza, e poi con più delicatezza, come se fosse già stato soddisfatto dal fatto che ero riuscita a non gridare.

Poi, con un movimento brusco, mi ha fatto inginocchiare e mi ha chiesto di aprirgli i pantaloni. Sentivo dietro la stoffa dei pantaloni il suo membro eretto. Appena l'ho liberato dalla stoffa, Giovanni mi ha afferrato i capelli e mi ha spinto la bocca contro il suo pene che mi è entrato profondamente in gola, mentre sentivo che qualcuno mi stava di

nuovo alzando le gonne, da dietro, così che mostrassi le mie
terga.

Non sapevo chi fosse, ma poi ho capito che era Camillo,
perché ha poggiato deciso due dita sulle terga per allargare
il mio ano e ha chiesto a Edoardo: "L'hai già aperta tu?".
Sentivo la pressione delle dita, di nuovo troppo forte,
mentre Camillo scrutava la parte più segreta di me.

Edoardo ha risposto con una risata: "Certo, Camillo, sai
benissimo che non potrei vivere con una donna che mi ne-
ghi la sua entrata secondaria. Anzi, saresti il secondo a uti-
lizzarla oggi, perché prima di venire qui ho pensato di prepararla proprio per te…".

Edoardo infatti, dopo che ero uscita dalla doccia, ancora
bagnata e con l'accappatoio addosso, mi aveva delicatamente voltata per farmi appoggiare contro il lavandino,
mentre con una mano mi sollevava l'accappatoio e con l'altra prendeva il lubrificante dall'armadietto del bagno.
Edoardo non si è mai servito della mia entrata secondaria
senza prima prepararla all'ingresso del suo pene, e avevo
sentito le sue dita che si infilavano due volte nell'ano per
spargere il lubrificante oleoso che usa sempre. Quando il
suo pene era entrato, avevo cercato di non fare resistenza,

perché so quanto lui detesta non sentirmi pronta a collaborare quando vuole penetrare il mio ano.

Ma questa sera, Edoardo era stato più prepotente del solito durante la penetrazione, come se appunto volesse allargare il mio ingresso posteriore. Avevo gemuto di dolore un paio di volte, ma poi mi ero trattenuta, perché al mio gemito, Edoardo aveva premuto ancora più forte il suo pene dentro l'ano. Sapevo che se avessi cercato di respingerlo, allora la sua penetrazione si sarebbe fatta più profonda e più dolorosa, e quindi non gli avevo opposto nessuna resistenza, ma l'avevo lasciato andare e venire secondo i suoi ritmi.

Edoardo si era fermato di nuovo per lubrificarmi ancora una volta, e poi aveva concluso con più foga del solito il rapporto, per poi raccomandarsi: "Lubrificati ancora, prima di uscire", senza aggiungere nessuna spiegazione. Ma io so che Edoardo ha voglie improvvise, soprattutto gli piace prendermi dietro quando è nervoso e ha bisogno di scaricare la sua tensione.

E così, dopo essermi vestita per la serata, ho di nuovo preparato il mio ano, sapendo che avrei dovuto essere pronta a uno dei suoi assalti improvvisi che possono avvenire ovunque, anche nei portoni bui della città dove abitiamo, quando lui decide di prendermi senza chiedermi prima il permesso. So che non devo mai dirgli di no e lui non deve trovare resistenza. Quando siamo usciti e sono salita in macchina, non avrei mai immaginato che sarebbe stato qualcun altro a entrare nel mio corpo al posto suo.

Ho infatti sentito due dita che entravano nel mio ano, sempre con quello stile brusco e deciso di Giovanni, e ancora una volta ho fatto fatica a non urlare, perché Camillo sembrava saggiare con troppa decisione quanto elastica fosse la mia entrata posteriore, mentre spingeva le sue dita in profondità. Poi ha detto a Edoardo: "Mi farebbe piacere che fosse più aperta, anche mia moglie ha dovuto essere allargata. Domani ti farò avere lo stesso fallo che ho usato con lei. Dovrà portarlo tutta la giornata anche se va a lavorare".

Poi ho percepito che Camillo si stava inginocchiando dietro di me, mentre le mani di Giovanni mi tenevano ferma la testa, come per impedire che potessi alzarmi e scappare via.

Camillo mi ha penetrato con decisione, senza che potessi provare a respingerlo. Ho sentito un dolore fortissimo che mi è arrivato al cervello: molto peggiore di quanto non fosse mai capitato con Edoardo, neanche nei giorni in cui era più irritato e mi penetrava proprio con la voglia di trovare uno sfogo per il suo nervosismo.

Camillo ha cominciato a darmi dei colpi fortissimi, netti, ritmati, con una foga che non avevo mai visto in Edoardo. Ogni volta inarcavo la schiena, mentre Giovanni badava bene che continuassi a succhiare il suo membro, tenendomi con forza per i capelli, perché non provassi a sfuggirgli. Allora ho cercato di spingere via Camillo, girando le terga da una parte, nella speranza di rallentare i suoi colpi. Ho sentito Edoardo che diceva: "Forse sono stato troppo gentile con lei, fino ad adesso…", mentre Camillo mi afferrava saldamente per i fianchi e piantava con ancora più decisione il suo membro al centro delle mie terga doloranti. Poi Giovanni ha lasciato per un momento la presa sui miei capelli e mi ha alzato il viso verso di lui: "Lea, non tolleriamo rifiuti, ricordartelo".

Edoardo allora ha detto ancora: "Mi dispiace, credevo che sarebbe stata più docile" e poi ha chiesto a Camillo di lasciargli il posto dentro di me: "Ti dispiace se le faccio capire che mi ha deluso?".

Camillo si è alzato, mentre Giovanni questa volta mi ha liberato la bocca dal suo membro e mi ha afferrato saldamente per le spalle. Edoardo mi ha penetrato con una violenza che non avevo mai conosciuto prima, mentre mi diceva: "Non devi farlo mai più, non devi deludermi mai più!".

Gli ho risposto piangendo: "Amore, perdonami, scusa, ti chiedo scusa...". Dopo qualche minuto, ho sentito finalmente i suoi colpi che rallentavano, fino a quando si sono di nuovo fatti più intensi: riconosco quando Edoardo sta per avere un orgasmo, perché spinge il suo membro dentro al mio corpo con una foga inusitata, che tollero solo perché so che a lui piace.

Edoardo è venuto dopo un minuto di quei colpi durissimi, è uscito dalle mie terga e ha detto a Camillo: "Non capiterà più, te lo prometto". Allora Camillo è entrato di nuovo dentro di me e ho sentito il ritmo dei suoi colpi che aumentava, fino a quando anche lui ha avuto un orgasmo.

Ormai mi scendevano le lacrime agli occhi, ma sono rimasta ferma, nella mia posizione, sempre con il membro in bocca di Giovanni. Sapevo che avrei dovuto continuare a succhiare il suo pene, mentre Camillo e Edoardo si sedevano di nuovo ai loro posti.

Poi Camillo ha detto: "Vorrei dell'altro champagne". Ha suonato un pulsante sotto il tavolo per chiamare il maître.

Allora ho istintivamente cercato di alzarmi, per non essere vista mentre ero in ginocchio, con la gonna ancora sollevate e il membro in bocca di uno dei commensali.

Ancora una volta, Edoardo ha subito intuito che cercavo di allontanarmi e ha chiesto di nuovo scusa agli amici: "Scusate, con me è sempre stata molto più mansueta di questa sera, dovrò insegnarle cosa significa il rispetto di un patto".

Giovanni allora ha lasciato la presa sulla mia testa e si è alzato: "Bene, credo che sia arrivato il momento di capire se Lea può imparare qualcosa". Poi ha chiesto a Edoardo: "La puoi tenere tu?". Edoardo si è seduto al suo posto e mi ha di nuovo afferrato le spalle per tenermi ferma.

Giovanni allora ha chiesto al maître, ancora immobile al suo posto, se poteva riempire i bicchieri. Lui ha girato intorno al tavolo per farlo, ma questa volta ho nascosto la testa dentro le gambe di Edoardo per non guardarlo. Ormai sapevo benissimo che anche le mogli di Camillo e Giovanni erano state ospiti in quella saletta, e l'uomo doveva aver già assistito a scene come quella di adesso.

Giovanni infatti non ha neanche aspettato che uscisse per affondare il suo membro nelle mie terga, che ormai bruciavano per il dolore. Non mi sono vergognata e ho cominciato a singhiozzare, stando però attenta a non muovermi, e così ho sentito una mano di Edoardo che abbandonava la presa sulle spalle per accarezzarmi la testa: "Sarai bellissima, vestita di bianco. Lea, sarai una moglie perfetta...".

Poi anche Giovanni ha finalmente eiaculato dentro di me e si è rialzato. Ho aspettato ancora in ginocchio, perché sapevo che Edoardo non avrebbe apprezzato una mia iniziativa. E' stato lui infatti ad accarezzarmi di nuovo la testa e dire: "Amore, andiamo a casa...".

Allora finalmente mi sono rialzata, mentre Giovanni mi ha preso una mano per aiutarmi, e poi l'ha baciata teneramente: "Sei la benvenuta tra noi...". Anche Camillo mi ha fatto il baciamano e poi ha suonato di nuovo per chiamare il maître.

"Può portare il cappotto della signora?" gli ha chiesto, quando l'uomo è entrato. Dopo neanche cinque minuti ero già in macchina, seduta di fianco a Edoardo.

Mi ha preso una mano tra le sue: "Ti amerò per sempre, Lea. Sono felice che tu diventi mia moglie".

Non gli ho risposto, ma gli ho stretto la mano. Lo amo anch'io.

L'amica della mia ragazza

Mi chiamo Germano, sono fidanzato da sei anni, lavoro come rappresentante in una ditta di mangimi per animali e i maiali fino a tre mesi fa li avevo visti solo in una stalla o in tavola sotto forma di prosciutto e mortadella.

Mai in camera da letto.

Mai con la mia faccia.

Un mese fa circa ho fatto una delle mie solite trasferte di lavoro a Monza per partecipare a un convegno su una nuova miscela biologica semi-rivoluzionaria, vegan friendly, bio-stocazzo e tutta la roba green che va tanto di moda adesso.

Sarà la solita porcheria, avevo pensato, mentre scaricavo la valigia dalla mia fidata Fiat Croma aziendale.

L'Hotel Royal Falcone, un 4 stelle attaccato alla stazione, era per fortuna più accogliente e dignitoso di quanto sembrasse dall'esterno. Dopo il checkin salii in camera e mi stravaccai sul morbido letto. Ero piuttosto stanco, avevo trovato parecchio traffico e non avevo mangiato quasi nulla.

Mandai un messaggio vocale a Veronica, la mia fidanzata, dicendole che ero arrivato e che mi sarei fatto portare qualcosa da mangiare.

Lei, come al solito, mi chiamò. Non c'era verso che si accontentasse di qualche vocale, doveva sempre e comunque chiamare, e io ero pure stanco... ma ehi, era la mia fidanzata.

"Pronto, Vero?"

"Che dici, una volta tanto potresti chiamare tu per primo, no?"

Sbuffai senza cercare di nasconderlo. "Dai, sono stanco, sono arrivato da poco e c'era un cazzo di traffico della madonna. Per favore."

Veronica non sembrò risentita, in fondo c'era abituata al mio tono un po' scorbutico, e iniziò a parlarmi delle sue news al lavoro. Era impiegata alla logistica in una ditta di metalli e da parecchio tempo era in lista per il posto da capoufficio, che significava un sostanzioso aumento di stipendio. Ci speravo parecchio anch'io sinceramente, più che altro per togliermi qualche sfizio e fare qualche capatina al mio ristorante di pesce preferito in più. Per lei, invece, significavano una sola cosa: *matrimonio.*

"Quindi con Gemma in maternità e Alfredo che ha appena scazzato con il direttore, rimango solo io. Si mette bene, amore!"

"Non posso che esserne felice, mon amour" risposi stiracchiandomi "adesso però mi appisolo un attimo, prima di ordinare. Ci sentiamo domani?"

"Certo. Ah, mi sono dimenticata" mi fece proprio prima di riattaccare "Elisa è a Monza da sua nonna, pare sia malata. Magari incontratevi, non so, così si distrae un attimo."

Elisa era la sua migliore amica storica fin dai tempi delle superiori. In realtà ho conosciuto prima lei di Veronica poiché usciva con Davide, un mio ex amico con cui non mi sento da tempo. Proprio in occasione di un'uscita a quattro conobbi Veronica e da lì inizio la nostra storia, ormai quasi dodici anni fa. Sapevo che era originaria di Monza, ma non che la nonna fosse malata.

Ero indeciso sul mandarle un messaggio o meno, ma alla fine lasciai stare e mi addormentai.

L'indomani, mentre presenziavo al noiosissimo convegno della multinazionale, con questi professoroni che su un
maxischermo elencavano le particolari proprietà di questa
sbobba a livello molecolare, mi arrivò un messaggio vocale.

Era Elisa.

Lo ascoltai cercando di non farmi notare troppo dagli altri presenti.

*"Ciao Germano, cosa stai facendo? Mi ha detto la Vero
che sei qui a Monza. Mia nonna è ricoverata al San Gerardo, adesso sta bene ma ho avuto un po' paura. Se sei
libero ci becchiamo per ora di pranzo, tanto adesso c'è mia
zia. Non so, dimmi tu."*

L'Ospedale San Gerardo lo conoscevo bene, molti anni
prima un mio amico aveva avuto un incidente in moto in
Brianza ed era stato portato lì. Gli dovettero amputare un
piede ma lo salvarono, e non era cosa da poco a giudicare
da come era ridotto quando era arrivato.

*"Va bene, guarda io mi sto rompendo veramente le palle
qui. Tra un'ora dovrei aver terminato, ti raggiungo lì e poi
andiamo da qualche parte, ok? Conoscerai qualche posto
in zona vero? Però niente porcherie che sono a dieta eh!"*

In effetti lo ero, più o meno: diciamo che era la vente-
sima volta che la iniziavo e la interrompevo.

Dopo un'ora e qualcosa ci incontrammo davanti al parcheggio dell'Ospedale San Gerardo. Era estremamente trafficato come al solito, col viavai di pazienti che attraversavano la strada in continuazione e rallentavano il fluire delle macchine.

Parcheggiai in divieto e misi le quattro frecce, aspettando che Elisa si avvicinasse alla macchina. La vidi: indossava un paio di jeans, un maglioncino rosa chiaro, delle scarpe da ginnastica simil All Star e una borsetta nera. Nonostante fosse piuttosto bassa, credo non superasse il metro e sessanta, aveva una siloutte quasi perfetta e una bella terza di seno che sul suo corpo sembrava addirittura più abbondante. Ma il punto di forza di Elisa sono sempre stati gli occhi: grandissimi, verde smeraldo, espressivi e teneri come quelli di un cucciolo. La chiamavano sempre "Bambi", infatti. Non aveva bisogno di truccarsi, le bastavano quegli occhioni spalancati a farsi notare. Anche se un po' mi rodeva, ero cosciente che fosse più bella della mia Veronica.

"Ehi, buongiorno" mi disse, salendo in macchina e dandomi i due bacini di rito "hai dovuto aspettare che ti chiamassi io? Potevi mandarmi un messaggio..."

Scrollai le spalle sorridendo: "Poi Veronica si sarebbe ingelosita. Sai che ogni tanto..."

Elisa fece un sorrisetto malizioso che mi spiazzò. Lì per lì decisi di non farci caso e le chiesi dove andare a mangiare. Mi indicò una griglieria di carne lì vicino, Bove Heart, sapendo che a me piaceva molto la tartare di manzo.

Arriviamo al posto, ci sediamo e ordiniamo. Io una tartare e un'insalata, lei un succulento panino. Parliamo un po', mi informa sulle condizioni della nonna che sono molto meno gravi di quello che si pensava: un semplice malore per la pressione troppo alta e non un infarto come si credeva all'inizio. Anche per questo la vedevo molto rilassata e sorridente, di sicuro se le cose fossero state più serie non avrebbe avuto molta voglia di cazzeggiare.

Mangiammo con calma, poi prendemmo un caffè e decidemmo di passare il pomeriggio in giro per negozi. In ospedale c'era la zia con altri parenti, lei aveva voglia di distrarsi e comprarsi un paio di scarpe.

Ci incamminammo per la via principale del centro di Monza, che va dalla fontana all'Arengario. Controllava negozio per negozio, scannerizzando prezzi e modelli delle scarpe. I prezzi dei negozi del centro erano terrificanti, ma lei non aveva problemi di soldi: suo padre aveva un'azienda dal fatturato stellare e tutta la famiglia era benestante. Più bella e più ricca di Veronica... mi era andata male.

Dopo un pomeriggio di shopping e di chiacchiere arrivò ora di cena. Non mi ero mai trovato così tanto tempo da solo con Elisa e scoprii che fra noi c'era molta più intesa di quanto pensassi. La vedevo sempre come abbastanza frizzante, presa con mille impegni, mille uscite, discoteca e quant'altro... tutt'altra persona da com'ero io, molto tranquillo e casalingo, costretto a viaggiare praticamente solo per lavoro. Invece passammo un bellissimo pomeriggio a passeggio, negozietti e una pizzetta alla storica pizzeria di Monza "mes amis".

"Adesso che vuoi fare?" le chiesi, senza pensare bene a cosa aggiungere.

"Mah, non lo so..."

Senza accorgercene, si era creato un momento di incertezza in cui ognuno dei due non sapeva come avrebbe reagito l'altro. Cosa dire? Cosa fare?

"Dentro l'albergo c'è un bel ristorante, ieri sera mi hanno portato la cena in camera. Che ne dici?"

Quella frase mi uscì così, naturale, senza pensarci. L'azzardo era fatto.

Dopo un secondo di silenzio, Elisa mi fece un cenno d'assenso. "Non sono vestita in maniera decorosa, però... perché no?"

Wow... cosa stava succedendo? Non era più un incontro fra amici, un momento spensierato per passare un po' di tempo. La tensione fra noi era concreta e palpabile. Cosa sarebbe successo? Una cena e poi...?

Ci sedemmo al tavolo del ristorante dell'hotel e consumammo la cena piuttosto in silenzio, anche se ci davamo dentro col vino. Eravamo entrambi leggermente frenati dall'imbarazzo quindi serviva per forza l'alcol per sciogliere gli ultimi freni inibitori.

A un certo punto, decisi di rompere gli indugi. "Io avevo un debole per te, sai?"

Il vino le andò quasi di traverso.

"Sul serio. Prima di conoscere Veronica."

"Non mi hai mai detto nulla…"

"Ero abbastanza timido a quei tempi" risposi riempiendole ancora il bicchiere "inoltre ti ho sempre visto piena di ragazzi che ti stavano appresso. Dai, eri irraggiungibile…"

"Ogni lasciata è persa" mi bisbigliò con uno sguardo pungente. "E allora… vedremo di non lasciare, stavolta."

Doveva essere una battuta, ma l'espressione sul suo viso era eloquente. In quel momento capii dove saremmo andati a parare.

Finita la cena la invitai a salire in camera con la scusa patetica di bere qualcosa dal frigobar. Non si fece pregare. *"Dio, ma sta succedendo davvero?"* Pensai mentre salivamo in ascensore al secondo piano, dove stava la mia camera *"Non sono il tipo… no, non sono il tipo!"*

Ci sono quei momenti che sono perfetti così, le parole possono soltanto rovinarli. Infatti rimasi in silenzio per tutto il tempo in cui uscimmo dall'ascensore, aprii la porta della stanza, la richiusi dietro di noi e le strinsi le mani attorno alla schiena, schiacciandola contro lo specchio attaccato all'armadio. Sentivo il suo seno morbido contro il mio petto e andai in ebollizione.

Lei mi sorrise e appoggiò le labbra sulle mie. Mi venne istintivo ritrarmi per un solo istante, poi mi lasciai andare a un bacio appassionato. Le mie mani iniziarono a muoversi per conto loro, andando sotto il suo maglione ed esplorando quella schiena dalla pelle candida fino ad arrivare al reggiseno. Lei mi allontanò per un istante e, sorridendo, si sfilò il maglione e lo fece cadere a terra, godendosi il mio sguardo inebetito verso il suo splendido seno ancora intrappolato in quel reggiseno che volevo staccare via a morsi.

Riprendemmo a baciarci con più fervore. Le mie mani corsero veloci al gancio del reggiseno e lo staccai con una mossa secca, cosa che non mi riusciva quasi mai. Che tette stupende! Molto più belle di quelle di Veronica… sode, capezzoli grossi e regolari… iniziai a baciarle e a succhiarle con foga mentre le stringevo, testandone ancor di più la corposità. Ghiandolari, altro che grasso. Il suo respiro mi stava mandando al manicomio.

La bacio sull'ombelico e fin giù, via via fino ai bottoni dei jeans, ma lei mi tirò su all'improvviso: mi tolse la maglietta e mi passò la lingua da sotto al collo fin giù all'ombelico, imitandomi. Mi fece venire dei brividi che non avevo mai provato. Sentivo il mio cazzo che stava esplodendo dentro i pantaloni. Lei si fermò un istante, passò la mano sopra i jeans e alzò la testa, sorridendo. Chi l'avrebbe mai detto che fosse così provocante, la stronzetta?

D'un tratto si decise a sbottonarli con forza e a tirare giù i boxer: il cazzo le arrivò quasi in faccia. Non l'avevo mai visto così duro, con le vene così turgide... mi sembrava quasi più grosso del solito.

Me lo prende in mano, lo stringe un attimo quasi come per testarne la consistenza, e poi inizia lentamente a segarmi. Nel frattempo la sua lingua mi passa sopra lo scroto...

Oddio...

Prende in bocca le palle una a una e inizia a succhiarle. Paradisiaco! Mi devo sforzare per non venire, ed ecco che mi passa la lingua sulla cappella e mi sorride con uno sguardo languido. E io già fremevo per quello che stava per arrivare...

Lo prese in bocca fino in fondo, con fare esperto, e iniziò a farmi il miglior pompino che abbia mai sperimentato per ritmo, tocco, giochi di lingua. Eccezionale. È andata avanti per non so quanti minuti, forse dieci, roba da film porno.

Adesso toccava a me. La feci alzare, osservando il cazzo più teso che mai, e la accompagnai dolcemente sul letto. Le tolsi quelle splendide mutandine di pizzo nero ed ecco che notai immediatamente quanto fosse bagnata: si vedeva ad occhio nudo. Mi tuffai in quella patatina depilata e iniziai a leccarle le labbra carnose, poi il clitoride, e nel frattempo le infilai dentro due dita. I suoi gemiti di piacere mi facevano capire che stavo facendo bene il mio lavoro. Vederla da quella visuale, con quelle belle tette che restavano sode anche da sdraiata, era incredibilmente eccitante.

A quel punto mi prese la testa per le mani e mi tirò a sé. "Scopami…" mi disse, col tono più sensuale mai udito.

Non me lo feci certo ripetere. Le massaggiai un attimo la fica con la punta del cazzo e poi entrai di colpo. Iniziai a darle colpi fortissimi da subito, ero terribilmente eccitato, volevo esplodere dentro di lei.

Mi sussurrò alle orecchie "Sfondami…", così presi ancora più vigore e le afferrai le chiappe per spingerlo più in fondo possibile, continuando a stantuffarla. Andammo avanti per non so quanto, poi lo tirai fuori, teso e durissimo, e le dissi di girarsi. Bellissima anche da dietro, con quel culo sodo e quella pelle splendida.

"Di chi è questo culetto?" le dissi dandole uno schiaffo su una chiappa. Senza aspettare risposte lo infilai dentro nuovamente e ripresi a sbatterla con lo stesso vigore di prima. Godeva, godeva come una matta, e la mia testa andava in brodo di giuggiole. La presi per i capelli e tirai leggermente, avendo cura di non farle male. A giudicare dalla reazione le piaceva, le piaceva eccome.

Poi si divincolò, si girò verso di me e mi sbattè sul materasso.

"Adesso comando io" mi disse con voce suadente, prima di salire sopra di me, prendere in mano il cazzo, giocarci avanti e indietro con le labbra prima di scendere decisa di colpo. Potevo sentire il calore delle pareti della sua figa mentre si muoveva da esperta in una cavalcata del piacere. Poi successe qualcosa di particolare: stavo con le mani sulle sue tette e lei mi prese i polsi dicendo "preferisci le mie o quelle della cornuta?"

Avevo sentito bene? Aveva chiamato la sua grande amica, la mia fidanzata… cornuta? Mi sarei dovuto offendere per la sua mancanza di rispetto, invece ecco… mi diventò ancora più duro! Mi eccitai come un pazzo e mi attaccai a succhiarle come un forsennato, dandole la risposta senza parlare.

Cosciente della mia eccitazione, mi prese a cavalcare sempre più velocemente fin quasi a farmi venire. Poi d'un tratto si interruppe, si tolse e mi disse "il culo te l'ha mai dato la cornuta?"

In quel momento pensai se fosse a conoscenza che no, il sesso anale era tabù per Veronica e non avevo quindi mai avuto il piacere; in ogni caso non ci pensai più di un decimo di secondo che già lei si trovava girata a pecora col culo in su, una posizione così perfetta che avevo visto solo nei porno.

"Io non ho limiti" mi sussurrò "puoi fare tutto quello che vuoi."

Questo era il vero volto di Elisa? Beh, mi piaceva. Mi piaceva decisamente tanto.

Iniziai a leccarle il buco del culo, l'avevo fatto una sola volta con una ragazza molto tempo prima. Le piaceva da matti, lo sentivo stringersi e allargarsi sotto la mia lingua.

"Lo voglio dentro!"

Non me lo feci ripetere e avvicinai la cappella al buco del culo ben lubrificato. Un colpo secco e sono dentro:

emette un gemito di piacere misto a dolore, poi iniziò lei stessa a muoversi avanti e indietro.

"Quanto mi piace il tuo cazzo..."

"Ti piace tanto eh, maiala?" le dissi ridendo "e chi lo sapeva che eri così maiala? Mamma mia... che bella che sei..."

"Meglio della tua cornuta?"

"Molto meglio!"

A ognuna di queste frasi la sbattevo sempre più forte. Ormai non ce la facevo più, ero prossimo a venire.

Dopo un altro paio di colpi lo tirò fuori, me lo stringo e le dico di girarsi. Appena in tempo per prendersi una delle più copiose sborrate della mia vita: gli schizzi le riempirono il ventre, le tette fino ad arrivare al mento e uno addirittura al sopracciglio. Ho ululato per l'orgasmo nemmeno fossi un lupo in una foresta, poi, distrutto e ansimante, mi sdraiai al suo fianco.

"Pazzesco... pazzesco... dio quanto cazzo ho goduto!" le dissi con enfasi tra un respiro smozzato e l'altro.

Lei sorrise, mi accarezzò il petto e disse: "Aspettavo da tempo un'occasione come questa, lo sai?"

"Non lo sapevo no... mai me lo sarei immaginato! Ai tempi in cui ho conosciuto Veronica pensavo di non piacerti..."

"Ed era così, infatti. Ma poi... uscendo con te e Veronica sei iniziato a piacermi. Non so, sarà stato il fatto di non poterti avere."

Tutte uguali le donne, pensai. Un uomo fidanzato è sempre più attraente dello stesso uomo single.

Mi alzai per prendere un bicchiere d'acqua, nudo come un verme, ed ecco che sentii squillare il telefono. Andai a vedere...

"È Veronica!"

Andai nel panico, anche se non ce n'era motivo. Poi guardai Elisa e la vidi sorridere. Mi mandò un bacio e mi fece cenno di rispondere.

"Ehi, amore" dissi con voce tremolante "come mai mi chiami a quest'ora? È quasi mezzanotte..."

In quel momento pensai che c'avevamo dato dentro per due ore abbondanti, e mi resi conto di aver offerto un'ottima performance.

"Perché non posso? Dai, volevo solo chiederti se avevi visto Elisa."

Gelo assoluto.

"Ehm sì... sì, l'ho vista oggi pomeriggio, abbiamo fatto un giro in centro Monza."

La mano con la quale tenevo il telefono mi sudava.

"Ho pensato a una cosa... sai che volevo mia cugina come testimone di nozze?"

"Sì, certo..."

"Ecco, siccome ha già un altro matrimonio a giugno dove dovrà fare da testimone, ho pensato che forse è eccessivo... il regalo, la fede..."

Non capivo dove volesse andare a parare. Nel frattempo Elisa mi si avvicinò gattonando sul letto e fece il segno delle corna, ridendo. Feci una fatica boia a rimanere serio.

"Ecco, ho pensato che forse potrebbe farlo Elisa. In fondo è la mia migliore amica. Che dici?"

Rimasi senza fiato per un paio di secondi, poi le fissai quelle tette bellissime.

"Certo, amore, non vedo perché no. Elisa sarà perfetta come testimone. Come hai detto è la tua migliore amica."

L'amica... di mia moglie

Vi ho raccontato, sei mesi fa, della relazione con Elisa, la migliore amica della mia ragazza, e della nostra prima volta assieme a Monza. Cosa è successo nel frattempo?

Niente di ciò che mi sarei aspettato... ovvero che quella che doveva essere una "toccata e fuga" peccaminosa diventasse una cosa fissa. Eravamo veri e propri amanti. E la mia amante è stata anche la testimone di nozze tra me e Veronica, come aveva detto quella volta.

Nei giorni immediatamente prima del matrimonio Elisa mi chiamava in continuazione, mi mandava messaggi a ogni ora, tanto che molte volte Veronica fu sul punto di sgamarla. Voleva che mandassi all'aria il matrimonio, che la lasciassi, che fuggissi con lei verso mete lontano per poter *scopare tutto il giorno tutti i giorni* e non di nascosto, nei ritagli di tempo tra un impegno e l'altro.

Io le spiegai parecchie volte che un conto è una relazione clandestina, un conto è lasciare quella che stava per diventare mia moglie. E per quanto il sesso con Elisa fosse fantastico, c'era anche altro da tenere in considerazione.

Così arrivò il giorno in cui Elisa accompagnò la sua amica alla prova dell'abito da sposa. Pensate un po'... le avevo detto di non comprare nulla di troppo vistoso o troppo costoso, non era un momento d'oro per le mie finanze. Elisa fece una bastardata degna di nota: di nascosto da Veronica aveva fotografato l'abito e mi aveva mandato la foto su Whatsapp. Io ero in ufficio, già oberato dal carico di lavoro e quindi abbastanza nervoso.

"Ma no, porta sfiga!" le scrissi irritato.

"Chissenefrega" mi rispose "tanto è un matrimonio farlocco."

"Lo sai che sei stronza?"

"E tu lo sai che con quell'abito starei molto meglio io? Anche se lo so che mi preferisci nuda."

L'irritazione sparì lasciando il posto al mio cazzo irrigidito. Sapevo proprio come mandarmelo in tiro in ogni circostanza.

Dopo un'ora circa mi mandò la posizione di una camera che aveva affittato ad ore per vederci. Alle 18:00 uscivo da lavoro e sarei dovuto andare a trovarla al Motel Villanuova. Non c'ero mai andato prima, ma l'avevo già sentito diverse volte.

Il Motel si trovava in un quartiere che né io né Elisa frequentavamo di solito. Un palazzo grossolano degli anni sessanta, dalle pareti scrostate e dall'aspetto poco invitante. Non molto adatto a una donna di classe come Elisa, ma ehi, dovevamo solo fare porcherie, non dormirci.

Entrai. Alla reception c'era una vecchia sdentata e nella sottospecie di hall c'era Elisa seduta su un divano di tessuto lurido. Splendida come al solito, con un tubino nero e degli stivaletti col tacco.

"Alleluja... ce ne hai messo per arrivare!"

"Ci sarà un motivo se si chiama *ora di punta*" le risposi fingendo irritazione. Detto questo prendemmo le chiavi della camera e salimmo le scale fino al secondo piano, dato che non c'era ascensore.

Entrammo in camera e subito chiusi la porta dietro di noi.

44

Ci fissammo negli occhi per un secondo. Eravamo lì, come al solito, ma il fatto che il matrimonio si avvicinasse rendeva il tutto più eccitante.

In un attimo il tubino stretto che aveva messo per accompagnare la sua amica alla prova dell'abito nuziale volò via, lasciandola nuda con indosso solo una collanina di perle. Il cazzo mi esplodeva!

Mi avvicinai a lei e iniziai a baciarla ovunque con foga. Presi in mano quelle splendide tette, di cui non mi saziavo mai, e le strinsi come fossero un panino, in stile porno. Poi iniziai a ciucciarle riempiendomi tutta la bocca, e i suoi mugugni di piacere mi facevano quasi saltare via i bottoni dei jeans. Per fortuna me li slacciò in men che non si dica, liberandomi il cazzo che poteva così ergersi nell'aria in tutta la sua lunghezza.

Io mi abbassai e iniziai a leccarle quella fica depilata e bagnatissima, e più la leccavo più si bagnava. Ad un certo punto le misi le braccia dietro e l'appoggiai al muro, continuando a leccarla. Una posizione che non avevo mai provato prima, ma con lei ormai non c'era più alcuna inibizione, alcun limite. E godeva alla grande.

Poi la feci scendere dalla quella posizione, aveva la fica bagnata al punto che anche lungo le cosce scendevano rivolini di umori. La presi di forza e la misi sul letto facendole poggiare la testa alla spalliera.

Salii sopra di lei e avvicinai il mio cazzo alla sua bocca mentre le tenevo ferme le braccia. Era praticamente bloccata, poteva solo farsi dominare. Per un attimo mollai la presa di un braccio e con la mano strinsi il collo, lei apriva la bocca per respirare e in quel frangente le misi le palle in bocca.

Era schiacciata dal mio peso, nuda e con i miei coglioni in bocca ma non smetteva di mugolare e godere come una pazza.

A quel punto, quando sia la sua fica che le mie palle furono fradice delle nostre salive, la feci mettere a pecora e le infilai la cappella nel culo, poi anche tutto il resto e cominciai a stantuffarla come se la dovessi aprire a metà.

Elisa godeva come non mai. Il mio cazzo entrava e usciva dal suo culo e sembrava che gli si fosse allargato a dismisura, nonostante ciò la pressione che esercitava sulle vene era così forte da farmelo pulsare. Mai una donna mi aveva permesso di fare tanto sesso anale quanto lei. A un tratto si tolse, mi disse di sdraiarmi, salì sopra di me e si mise proprio sopra la mia minchia drittissima. Scese con la sua proverbiale maestria, poi iniziò a dare colpi di bacino per cui in un attimo il mio cazzo venne risucchiato. Tutto dentro di lei. La visuale era magnifica, con le sue tette che ballonzolavano... ma nemmeno troppo, da quanto erano sode.

In quell'attimo il suo cellulare si illuminò della notifica di un messaggio whatsapp di Veronica e lei, senza fare una piega, lo prese e continuando a cavalcarmi me lo fece vedere, ridendo beffardamente. Il messaggio diceva che stava guardando dei vestiti da damigella e ne aveva visto uno azzurro "perfetto per lei".

"Hai visto che brava la cornuta?" mi disse lanciando il cellulare sul letto e continuando a cavalcarmi "Si preoccupa per me... per la cerimonia... se solo sapesse che sono qui a scopare col suo futuro marito!"

L'effetto di quella frase fu dirompente, e sentii che stavo per sborrare.

"Spostati, spostati, ti vengo in faccia!" le dissi, ma lei fece finta di niente e anzi, iniziò ad ansimare sempre di più e a sorridere, mentre continuava a cavalcarmi sempre più velocemente.

"Prendo la pillola adesso, non preoccuparti."

La frase magica, l'interruttore cliccato. Schizzai con una forza devastante, peccato non aver potuto vedere all'esterno quella sborrata perché saranno stati minimo una decina di getti. Pazzesco. A un certo punto sarebbe potuta volare via e sbattere la testa sul soffitto, tanto era prorompente.

Crollò su di me ansimando a pieni polmoni e ridendo soddisfatta. Cazzo, che scopata galattica, volevo dirle, forse la migliore della mia vita... ma ancora non avevo nemmeno fiato per parlare.

Rimanemmo parecchi minuti così, abbracciati, lei sopra di me, mentre il mio cazzo era ancora dentro di lei anche se ormai ammosciato.

"Mi hai sfiancato..." le dissi a voce bassa.

Lei mi rispose con un sorriso ammiccante, malizioso.

"Preparati, la vita da sposato non ti riserverà mai più delle scopate del genere. Finirai a farlo una volta alla settimana, poi una volta al mese, poi chissà..."

"Addirittura?"

Non mi disse altro.

Qualche giorno dopo mi scrisse un messaggio mentre stavo in pizzeria con Veronica. Vedendo il suo nome sul telefono, dissi alla Vero che dovevo andare in bagno per poterlo leggere in tranquillità.

Il messaggio recitava così: "Ti ricordi quando ti ho detto che prendevo la pillola? Beh, non era vero. Non vorrei rovinarti il matrimonio da subito, ma il giorno delle tue nozze mi potresti vedere già col pancione. Ti amo!"

Avventure a tre

Ci stavamo dando dentro, io e Alessandra, all'albergo per coppie "Mon plaisir". Avevamo fatto il giro di tutte le cinquanta stanze dell'albergo, giusto per stabilire un record. Abbiamo iniziato ad andarci subito dopo l'estate precedente. In quei mesi estivi, diciamo che abbiamo dato viva concretezza alle nostre fantasie più recondite, abbiamo in un certo senso tastato diversi terreni. Ci siamo dati alla pazza gioia, insomma, con partner diversi dai nostri. L'infedeltà, quella vera, ma cosciente: entrambi sapevano cosa facevano l'altro. E ne traevamo piacere, sia dall'atto sia dal "resoconto" dell'atto stesso.

Direste che era un segno di qualcosa che non andava, di difficoltà all'interno del rapporto o strettamente legate alla sfera sessuale... invece no, proprio l'opposto.

Il nostro amore ne è uscito più sAntonio che mai, rinforzato semmai ce ne fosse il caso, dallo sperimentare la sin-

50

cerità e il gusto di appagare i bisogni dell'altro senza gelosie, tabù o egoismi. Trovi una persona che ti piace, con cui desideri fare sesso? Fallo.

L'unica condizione era non tenere nulla di nascosto.

Insomma, non stiamo parlando di una storiella tra ragazzini, ma di qualcosa che si è fatto subito molto serio e si è cementato in breve tempo. Al ritorno dall'estate abbiamo passato giornate intere a fare l'amore e a raccontarci i dettagli piccanti delle nostre scappatelle, a volte facendo le cose in contemporanea.

Quella era una di quelle occasioni. Un'occasione ulteriore per esplorare una nuova fantasia della mia Alessandra.

Trombare in albergo era l'unica chance possibile, ormai erano finiti i tempi della camporella e in casa avevamo i nostri genitori alquanto all'antica: io infatti, nonostante i miei 23 anni, non avevo ancora portato a conoscere nessuna ragazza ai miei.

Alessandra mi stava cavalcando, prendendosi l'iniziativa come faceva sempre più stesso. Ma era veramente brava, quindi il mio starmene sdraiato mi regalava lo stesso molto piacere, nonostante non fosse mai stata quella la mia posizione preferita. Nessuna mi aveva mai cavalcato come faceva lei.

Con maestria ed eleganza stringeva la vagina, aumentava o diminuiva il ritmo, compiva otto a profusione solo per tenermi sempre lì lì, sul ciglio dell'orgasmo. Mi metteva le tette, le sue splendide tette dai grossi capezzoli in faccia, ma quando facevo per attaccarmici come un bambino si ritraeva indietro.

Provocazioni a non finire. Mi mandava al manicomio.

Ad un certo punto, proprio mentre sentivo che ormai non sarei più riuscito a trattenermi, mi guardò con degli occhi tra il sadico e il malizioso.

"Devo dirti una cosa..." mi disse mentre continuava la sua galoppata selvaggia e piccole goccioline di sudore le scendevano dai capelli arruffati.

"Siii..." risposi poco convinto, concentrato sul trattenermi, convinto che mi avrebbe detto una delle sue solite porcherie. Nulla di nuovo, nulla di strano.

Invece...

"Ieri ho chiamato Gianni."

Gianni?

Ho sentito un brivido gelido rapidissimo che mi ha risalito la schiena. Lei non staccava gli occhi da me, aspettando un mio commento.

Gianni era il protagonista principale dei suoi resoconti porcellosi. Un giovane alto, atletico, quasi un modello, e soprattutto con un gigantesco arnese tra le gambe. Da quante volte me lo aveva descritto, mi sembrava di avercelo davanti. A pensarci bene, doveva fare la scrittrice. Mai però, finora, era diventato un elemento "attivo", fuori dal semplice racconto.

"E cosa vi siete... detti?" dissi deglutendo.

"Che deve fare un viaggio di lavoro qui a Milano, ha una conferenza in un Hotel a Porta Romana e poi un appuntamento con un cliente. Starà qui alcuni giorni. E' giovane ma come assicuratore è un top. E non solo come assicuratore."

Era chiaro il significato recondito di questo "viaggio di lavoro". Alessandrà si gustò appieno la mia espressione di indecisione ma soprattutto il gonfiore improvviso del mio arnese. Dentro di lei, sono sicuro, sapeva che mi avrebbe fatto quest'effetto.

"Marco, sai che ho una voglia matta di farmelo? Anzi, di farci qualunque cosa. Anche tutto quello che ancora non ho fatto con te. Voglio una giornata tutta per noi due. Tu non hai niente in contrario, immagino. Anzi, credo che tu sia molto eccitato all'idea, dico bene?"

Io non riuscivo tecnicamente a rispondere: la mia voce era completamente bloccata, sommersa dai gemiti di piacere. Trattieniti, trattieniti, mi dicevo... il meglio deve ancora venire, lo sento...

E infatti, subito dopo, mi rimise le tette in faccia e si avvicinò con le labbra alle mie, senza sfiorarle. "Voglio spassarmela con lui, è vero, ma vorrei anche fare un'altra cosa... diversa... voglio farlo con voi due assieme."

Niente, dopo quella frase non riuscii più a trattenermi. Esplosi in un colossale orgasmo, senza dubbio il più forte che avessi mai provato prima di allora. Se non avesse preso la pillola, l'avrei messa incinta di quattro gemelli come minimo.

Alessandra si sdraiò al mio fianco, esausta e soddisfatta.

Dormimmo per qualche ora.

Quando ci svegliammo, pensammo a fare una doccia. Il doccino dell'hotel era molto piccolo, così facemmo a turno.

Niente sconcerie in quella doccia, anche perché non sembrava il massimo della pulizia: dopotutto non eravamo certo in un cinque stelle.

Uscita dalla doccia, con l'asciugamano a mo' di turbante in testa, mi disse: "Voglio fare tutto con la massima partecipazione e consapevolezza. Se hai delle remore, dei pentimenti, dimmelo. Non devi farti scrupoli. Sii sincero. In fondo lo siamo sempre stati l'uno con l'altro, no? Il nostro rapporto è bello proprio per questo."

Il mio pene, sotto l'accappatoio, ebbe una pulsazione.

"No, no... va bene così. Esaudire i nostri desideri più reconditi, è questo che ci siamo detti no? Se vuoi farti scopare da Gianni, che la scopata con Gianni sia. E se vuoi che anche io partecipi... beh, proviamo questa nuova esperienza!"

Mi sorrise, si avvicinò e mi baciò con passione. Non ero un gran baciatore, ma quello fu davvero un bacio pieno di lussuria, un bacio che sottintendeva molte cose. Mentre mi baciava, sfiorò con la mano il mio affare diventato nel frattempo piuttosto duro, anche se non completamente eretto.

"Mi pare che l'idea ti stuzzichi..." disse maliziosamente.

Io annuì con una punta d'imbarazzo... si trattava pur sempre di andare a letto con un altro uomo.

"Lo sapevo."

Detto questo, me lo prese in mano con forza, strizzando-melo e facendolo diventare più duro che mai.

"Adesso ti descrivo cosa succederà."

Gli ormoni impazziti dopo quella confessione presero il controllo del mio corpo. Lei iniziò a massaggiarmi il membro su e giù, lentamente. Poi si tolse l'accappatoio, avvicinò la testa e mi disse all'orecchio: "Glielo prenderò così, e lo stringerò anche a lui. Ma non ci riuscirò bene, il suo è troppo grosso."

Addio. La mia parte razionale era annichilita. Navigava in un mare di piacere e di fantasie.

"E poi?"

"E poi..." mi disse facendomi sdraiare sul letto e iniziando a leccarmi l'asta "gli passerò la lingua così... ci metterò parecchio tempo, vedrai quanto è lungo. Dovrò fare molta strada..." fece sorridendo.

Alessandra si alzò, si sedette sopra di me e riniziò a cavalcarmi. "Per quando salirò su di lui sarò bagnata fradicia... e più lo cavalcherò più mi bagnerò... allagherò il letto, come non ho fatto mai."

Su e giù, su e giù. Un sogno. Porcate a non finire. Se non fossi venuto poco prima, sarei durato un minuto scarso.

"Gli farò succhiare le tette..." disse, e mi si avvicinò col seno. Io le presi con decisione e iniziai a ciucciare con fame, immaginandomi lui al mio posto.

Ad un certo punto scese, così all'improvviso, e mi guardò con uno sguardo lascivo. Si girò a quattro zampe e agitò il suo bel culo davanti.

"Che ne dici?" mi sussurrò "Devo allenarmi un po' anche quel buchetto... l'arnese di Gianni è troppo grosso, rischierei di farmi male. Non gliel'ho mai dato ma stavolta se lo merita, mi è venuto a trovare... sapessi quante volte mi ha avvicinato la cappella e io mi sono spostata. Questa volta no, non mi sposterò!"

Il mio palo, diventato nel frattempo di cemento, si bagnò del mio sputo, come nel più collaudato dei rituali, ed entrò nel delicato deretano di Alessandra. E via, all'inizio piano, poi sempre più intensamente. Un'inculata coi fiocchi.

Mi piaceva molto incularla perché lei era davvero sensibile. Le piaceva davvero molto. Diverse volte l'avevo fatta venire con una semplice inculata. Chissà l'effetto che le avrebbe fatto un cazzo come quello di Gianni...

Un momento, stavo fantasticando su di lui anch'io? Come un flash, decisi di allontanare l'immagine mentale di un altro cazzo lì a fianco a farmi compagnia e tornai a concentrarmi su quelle natiche, iniziando a schiaffeggiarle.

Dopo alcuni momenti, mi tornò in mente l'ipotetico palo di Gianni. Come reazione istintiva, per mandare via il pensiero, diedi una sculacciata particolarmente forte ad Alessandra.

"Ahia!" strillò, mentre le venne istintivo ritrarsi… ma non glielo permisi. Vedevo la forma della mia mano rossa sulla sua natica.

"Che ti aspetti? Sei una bambina cattiva, vuoi scopare con un altro… devo punirti."

Me la cavai con quella scusa, e continuammo il nostro amplesso fin quando non le esplosi dentro.

Il giorno dopo andammo entrambi in stazione Centrale per accogliere l'amico Gianni, venuto fin qui dalla lontana Livorno.

Appena usciti dalla metro siamo stati avvicinati da un africano che ci ha chiesto, in tono amichevole, se volessimo *fumo? Coca? Buono buono…*

Abbiamo rifiutato con garbo e con un po' di timore. Non era di certo un personaggio raccomandabile… ma avevo notato con la coda dell'occhio come Alessandra fosse in fissa verso quell'assembramento di negroni. In effetti, tempo dopo scoprii il perché…

Ma questa è un'altra storia.

Tornando a noi, abbiamo percorso il binario 6 e siamo arrivati alla terza carrozza dell'ETR 500.

Gianni scese con una grossa valigia che sembrava un fuscello a giudicare da come la maneggiava. Occhi e capelli neri, alto, grosso, era più o meno come me l'aveva descritto. Insomma, un bel ragazzo. Più bello di me? Forse… o forse no.

"Ehi!" disse rivolto verso di noi.

Alessandra gli si gettò al collo e si abbracciarono calorosamente. E poi… e poi lei le stampò un *bacio* sulle labbra.

Sì, avete capito bene: un bacio così, davanti a me, davanti a tutti.

In quel momento rimasi a bocca aperta, immobile, ma sentii qualcosa muoversi dentro i pantaloni: il mio affare era andato istantaneamente in tiro.

Terminato il bacio, venne verso di me (che ero rimasto immobile) e mi porse la mano con uno sfavillante sorriso.

"Ciao, sono Gianni!"

Ma non mi dire...

"Piacere, Fernando."

Capìi dalle prime battute che non doveva essere particolarmente sveglio. Va beh, alla fine non era certo un approccio di tipo intellettuale quello che Alessandra cercava.

Comunque, l'accompagnammo al suo hotel, il Gardena Palace a Porta Romana, dove si sarebbe tenuta la sua conferenza nel pomeriggio. Ci salutammo e fissammo l'appuntamento alle otto di sera: una cenetta fuori, tutti e tre, e poi albergo a folleggiare (non il suo, ovviamente).

La fantasia di Alessandra si stava per realizzare... chissà cosa ne sarebbe scaturito. Chissà se sarei stato geloso, impacciato oppure sciolto e a mio agio. Boh? L'avrei scoperto qualche ora dopo.

Alle sette e mezza, andai a prendere Alessandra con la mia Punto. Non avevo una bella macchina nonostante potessi permettermene una migliore perché non mi interessava, poi Alessandra non si era mai rivelata una ragazza venale.

Diciamo che il suo interesse principale era altro.

Comunque, arrivai sul piazzale e la vidi venirmi incontro.

Ma che caz...

Non sembrava quasi lei. Un vestito splendido, nero, con una scollatura prorompente, mai visto prima (con me quasi sempre magliette e jeans)... scarpe col tacco, anche quelle mai viste (con me quasi sempre scarpe da ginnastica o al massimo stivaletti)... un trucco non abbondante ma plasmato alla perfezione (con me sempre struccata).

Una bomba.

Sentii un pizzico di gelosia stuzzicarmi e al contempo eccitarmi.

"Ciao amore, sei pazzesca" la accolsi mentre apriva la portiera posteriore e saliva in macchina.

"Grazie! Mi sono preparata per bene, voglio che Gianni mi trovi al massimo. Voglio farlo arrapare come non mai. Saranno dei giorni indimenticabili, ci puoi giurare."

"Beh, speriamo proprio di sì..." risposi con un sorriso malizioso ma non troppo convinto.

Ho ingranato la marcia e sono partito.

Durante il tragitto non abbiamo parlato molto: credo che ognuno di noi stesse facendo andare la fantasia. Ce ne sarebbe servita...

A cena al ristorante "Due Torri", uno dei locali più trend di Milano (anche se non quello dove si mangia meglio), abbiamo parlato del più e del meno. Come avevo intuito, Gianni non era una cima, ma nel suo lavoro ci sapeva fare. In fondo a un commerciale basta poco: saper raccontare balle.

Mi ero fatto un po' di viaggi su ipotetiche porcherie al ristorante, ma era un locale di classe e c'era parecchia gente. Insomma, non era il caso.

Dopo una mangiata discreta, ci siamo avvicinati alla cassa per pagare il conto. Offrivo io, come al solito. Con la coda dell'occhio, però, vidi Gianni che metteva la mano sulla schiena ad Alessandra, e poi giù, sempre più giù, fino ad arrivare al culo. Pom! Una bella palpata.

Io mi sono girato d'istinto per scoprire se qualcuno c'avesse visto, ma poi ho ragionato: non ci siamo scambiati effusioni di nessun genere, quindi la gente avrebbe potuto tranquillamente pensare che Alessandra fosse la sua ragazza, e non la mia. Wow… feci un passo avanti una volta arrivato il mio turno per pagare e sentii qualcosa che sfregava sulla punta dei pantaloni… eh sì, mi aveva fatto un certo effetto.

Si pregustava una splendida serata.

Arrivammo all'hotel "Milan", un discreto quattro stelle in periferia, nella zona vicina al lodigiano.

Alla richiesta di una camera matrimoniale, il receptionist rimase in silenzio per un paio di secondi netti, poi ci diede la chiave della 312. Sarà stato giusto quel momento per intuire cosa avremmo potuto combinare in tre in una camera d'hotel… in fondo non avevamo con noi valigie o borse dove poteva esserci nascosta particolare attrezzatura, quindi, con ogni probabilità, questo rientrava nel novero delle cose comuni.

Salimmo le scale senza parlare e ci dirigemmo davanti alla nostra stanza.

Clic…

Dopo due minuti al massimo, Alessandra si era spogliata e stava sul letto totalmente nuda, guardando me e Gianni con desiderio. Sembrava una predatrice sessuale, non le avevo mai visto quello sguardo negli occhi.

Anche noi, obiettivamente, facevamo la nostra parte. Io ero da sempre appassionato di corsa, quindi avevo un corpo snello e tonico. Lui era decisamente più muscoloso, si vedeva che faceva palestra molto spesso: crossfit, pesi e calistenic, a quanto aveva detto.

E poi... la nerchia. La famosa, leggendaria, famigerata nerchia di Gianni. Beh, che dire? Dopo tutti i racconti, devo dire che era esattamente così: quasi 25 centimetri di palo eretto, una roba impressionante.

Io non ero messo male, ma il confronto proprio non reggeva.

"Allora, vi spiego come stanno le cose" esordì la mia amata "voi siete in due, io sono da sola. Ma sarete VOI ad essere al mio servizio. Mi farete godere, e lo farete nella maniera che dirò io. Sarete i miei schiavi del sesso."

Guardai un istante Gianni, per capire la sua reazione, ma lui stava lì a fissarla con la sua faccia da frescone.

Va bhe.

"Ripeto: dovrete esaudire ogni mio desiderio. Se non siete d'accordo, quella è la porta. Mi divertirò con chi rimane."

"Assolutamente sì!" rispose senza esitazione Gianni, per poi guardarmi con un sorriso smagliante.

E che avrei dovuto rispondere? Feci un cenno deciso con la testa, anche se dentro di me ero ancora titubante.

"Inoltre, non voglio sentire rogne, ognuno farà quello che dico nel modo in lo cui dico e non si paragonerà con l'altro. Non è una gara fra voi due, dovete solo farmi godere."

Ho detto di sì di nuovo, anticipato da Gianni.

"Bravi ragazzi, così si fa. E ora..." disse lei con voce lasciva "prendetevelo in mano e iniziate a masturbarvi. Lentamente. Fatemi vedere bene quegli uccelli che si induriscono ancora di più."

Noi, candidamente, iniziammo a menarci il rispettivo arnese.

"No, no, non avete capito! A masturbarvi *vicendevolmente*."

Rimasi un attimo scioccato. Mi aveva chiesto realmente ti toccare il pene di un altro uomo? Quali perversioni covava da chissà quanto tempo?

Ma tutta la riflessione durò il tempo di un secondo che già mi ritrovai la mano di Gianni sul cazzo. Un brivido gelido mi colse e lo fulminai con lo sguardo, ma lui aveva un'espressione candida e sorniona, del tipo "dai, lo so che in fondo in fondo ti piace anche".

E va bene, già che siamo in ballo, balliamo.

Afferrai l'incredibile mazza di Gianni e iniziai un massaggio ritmico con la mano, esattamente come avevo sempre fatto col mio, mentre lui mi faceva la stessa cosa. Devo dire che lui era molto più smaliziato, mentre io decisamente più impacciato.

"Vi piace?" fece Alessandra, con un tono da stronza "Adesso però voglio un bel bacio!"

Noi, con le mani ancora sui rispettivi piselli, ci siamo guardati e ci siamo stampati un rapido bacio sulle guance.

"Eh, no, troppo facile" ci interruppe "io voglio un bel bacio sulle labbra, con la lingua. Un bacio vero."

In quel momento mi risentii. E no dai, come si fa? Non siamo mica gay! Voltai lo sguardo verso Gianni, convinto che anche lui la pensasse come me, ma a quanto pareva...

no. Si avvicinò lentamente a me e oh... non so come, non so perché... non mi opposi.

Le nostre bocche si sfiorarono.

Le nostre lingue entrarono in contatto.

Sinceramente MAI mi sarei aspettato una cosa del genere. Baciare un altro uomo, oltretutto nel mezzo di una sega reciproca. Però erano i desideri di Alessandra, e io avevo promesso di obbedirle.

Chissà dall'esterno che spettacolo doveva essere vedere due uomini nudi che si baciano... chissà se il mio volto aveva un'espressione schifata oppure no... quello che so è che, stranamente, per lo meno a giudicare dalle dimensioni dei relativi arnesi, ci stavamo eccitando entrambi.

"Va bene, va bene, basta così" disse ridacchiando Alessandra. Quello sguardo... ci aveva presi in giro?

"Dai, era solo un test. Visto che dobbiamo fare un sacco di porcherie assieme, dovevo essere sicura che sareste stati a vostro agio. D'altronde non li avete mai visti i porno, quando fanno doppie o gang bang? Inevitabilmente si entra in contatto... non dovete vergognarvi."

Presi un sospiro. Eravamo due giocattoli nelle sue mani a cui far fare ogni genere di prova le capitasse in mente.

Subito dopo, la sua espressione da scherzosa diventò lasciva e i suoi sospiri si fecero più intensi. "Ora però venite qui, maschioni, qui da me..."

Si avvicinò la mano destra alla vagina e si sfiorò delicatamente. Era un invito.

Ci fiondammo sul letto, vogliosi. Un turbinio di mani, alla dea Shiva, finì sul corpo di Alessandra, accarezzandola e toccandola in ogni modo.

Lei teneva in mano i nostri arnesi e li massaggiava con maestria, tenendoli sempre sull'attenti.

Poi, scendemmo su quelle bellissime tette pronti a pasteggiarci. Io sulla sinistra, lui sulla destra. Iniziammo a succhiarle e a mordicchiare i capezzoli, quei fantastici capezzoli con l'areola importante.

Cinque minuti buoni dedicati alle tette. Poi, Alessandra si è voltata verso di Gianni: a lui entrambe le tette, a me la schiena che iniziai a leccare lascivamente.

Ci portammo, poco dopo, in basso, verso il suo organo del piacere. Lei aveva alzato una gamba per favorire le manovre... voleva che la leccassimo in due.

Così iniziammo, io da una parte e lui dall'altra. Eravamo in perfetta sincronia, due macchine del piacere per accontentare la nostra signora. E lei apprezzava, caspita se apprezzava.

Io stavo sul clitoride, principalmente, mentre Gianni avanzava tra il buco del culo e le labbra. Ad un certo punto gli spasmi e i gemiti di Alessandra si fecero più intensi... qualche secondo dopo esplose in un fragoroso orgasmo, chiudendo le gambe e contorcendosi. Noi due ci siamo guardati soddisfatti: avevamo fatto il nostro dovere.

Rimase sul letto a sospirare per una ventina di secondi, poi ci guardò e sorrise.

"Bravi... bravi davvero. Era questo che volevo. E ora mi dedicherò un po' ai vostri cazzi."

Vostri in teoria... in pratica si fiondò immediatamente sul cazzo di Gianni.

In fondo, dentro di me, immaginavo che avrei potuto essere spettatore di cose del genere. La malizia di Alessandra si era evoluta, passando dal libertinaggio a qualcosa di diverso: avevo come la sensazione che ci avesse preso gusto a farmi fare da voyeur, da spettatore delle sue maialate.

Infatti, mentre succhiava famelica l'affare di Gianni, ogni tanto mi buttava quell'occhiatina furbetta del tipo *"visto, eh?"*

E niente da fare, la cosa mi eccitava un sacco.

"Veramente notevole, a pensarci non ne ho mai visto uno così grosso..." fece Alessandra, smettendo per un istante di slappare quel gioiello. "Magari ce lo avessi anche tu così..."

Mi colse un brivido lungo la schiena. Prima che potessi aprir bocca, però, era tornata a succhiarlo.

Alessandra era visibilmente arrapata. Di sicuro si stava gustando il piacere dei mugugni di Gianni, ma ancora di più, secondo me, l'idea di farsi scopare davanti ai miei occhi.

Talvolta faceva dei giri con la lingua sulla cappella o sulle palle, mandando in visibilio il nostro comune amico.

Io, come al solito, a guardare: ma l'uccello non mi si abbassava di un millimetro, anzi.

Poi, l'inaspettato.

Alessandra si bloccò. Alzò la testa e mi fissò.

"Vieni qui, dagli un bacino anche tu."

"Che cosa?" urlai innervosito. Ma era impazzita?

"Prima gli hai dato un bel bacio sulla bocca" disse, mantenendo l'asta di Gianni in mano "cosa vuoi che cambi dargliene uno sul pisellone?"

"Ma..."

"Dai, proviamo!" mi disse Gianni, con quel sorriso da scemotto "Sarà divertente!"

A un certo punto mi chiesi se non fossero tutti impazziti... ma in fondo era divertente partecipare a quella follia. Già che c'ero...

"Va bene." risposi deciso.

Lentamente mi avvicinai al letto e alla sua asta eretta. Da vicino era ancora più impressionante.

"Ok, o la va o la spacca" dissi ad alta voce. Chiusi gli occhi, aprii la bocca andando a coprire la grossa cappella di Gianni.

Aprii gli occhi e mi bloccai. Riuscivo a sentire il sapore della saliva di Alessandra mischiata al liquido pre eiaculazione di Gianni. Un po' salato.

"Dai, ricordati come ho sempre fatto con te!"

Mi stava incitando a fargli un vero e proprio pompino!

Mi presi ancora qualche secondo di indecisione, tenendo comunque il cazzo di Gianni in bocca, poi iniziai a fare su e giù per un po' di volte.

Diamine, che stavo facendo? Non mi dispiaceva...

E di sicuro non dispiaceva a Gianni visto i suoi mugolii e le sue vene che pulsavano sotto le mie labbra.

Poi, all'improvviso, vidi arrivare Alessandra affianco a me e spostarmi con una certa veemenza.

"Continuo io..." mi disse, e riniziò il suo lavoro.

Io mi rialziai, osservando nuovamente la mia ragazza all'opera, e fui pervaso da sensazioni contrastanti.

Da un lato repulsione, schifo, nel momento in cui visualizzavo mentalmente il concetto del cazzo di un estraneo nella mia bocca; dall'altra un non so che di piacevolezza, di arrapamento... gusto del proibito? Forse... Omosessualità latente? No, non direi, mi piaceva decisamente più Alessandra...

"Va bene, adesso basta giocare. Ora si scopa sul serio."

Sorrisi e mi fregai le mani. Finalmente il siparietto ambiguo era terminato e si iniziava a godere per davvero.

Si stese sul letto e aprì le gambe, facendo cenno a Gianni di raggiungerla. La sua patatina era vibilmente bagnata, doveva avere tanta di quella voglia...

Gianni salì sopra e infilò con maestria il suo gigantesco arnese all'interno della vagina della mia amata, lentamente.

Spinta dopo spinta, le entrò tutto dentro. Alessandra, nel frattempo, mi tirava occhiate lascive.

"Quanto è grosso... mai avuto uno così... è fantastico, Gianni" disse, mugolando di piacere. Mi lanciò uno sguardo lascivo come a dire *adesso vedrai quanto mi farà godere*, e poi immerse gli occhi nei suoi. Da quel momento capìi che l'attenzione era ormai tutta per lui: la mia importanza era diventata pari a quella della lampada sul comodino.

Gianni la penetrava con forza, roteava il bacino lentamente, usciva e rientrava con maestria. Un vero stallone.

Vedevo Alessandra godere in un modo totalmente nuovo per me. Guardavo affascinato cercando di carpire le movenze esatte, i tempi. Ero lo studente col taccuino degli appunti.

"Quanto mi piace... è gigantesco..." sussurrava a bassa voce, guardandolo negli occhi. Io riuscivo a sentire appena, d'altronde non erano per me quelle frasi, non dovevano far godere me.

Nel frattempo, diedi un'occhiata al mio cazzo. Con mia somma sorpresa mi accorsi che aveva raggiunto una rigidità mai vista prima: lo presi in mano e lo sentii duro come il cemento. Dopo un primo momento di smarrimento, capii che quel ruolo mi si confaceva a pieno. Da partecipe a guardone. Da porco fantasioso a povero cornuto.

Ero rapito dalla bellezza di quei corpi che ansimavano l'uno sopra l'altro, dall'afrore ormonale che sprizzavano. Lei non l'aveva mai provato con me.

Basta, non ce la facevo più... iniziai a masturbarmi e dopo cinque o sei colpi partì un'improvvisa e copiosa sborrata. Mentre venivo continuavo a fissarli... non volevo perdermi nemmeno un istante.

Un orgasmo incredibile, eccezionale. Forse il più intenso che abbia mai avuto.

E dopo pochi istanti, quasi a farsi beffe di me, Gianni tirò fuori l'arnese e iniziò a schizzare sul corpo di Alessandra.

Uno, due, tre...

I primi schizzi le arrivarono in faccia. Sembrava un idrante. Nel frattempo, godeva con dei versi quasi da uomo primitivo.

Quattro, cinque, sei...

Le schizzate le inondavano le tette, l'ombelico, la pancia. "Mi stai lavando tutta!" disse Alessandra, ridendo. Un riso goduroso, senz'altro.

Sette, otto, nove...

Ma che diavolo, davvero?

Dieci... undici...

Undici schizzi?! Incredibile! Non pensavo che un paio di palle potessero contenere così tanto sperma...

"Ma quanta ne avevi?" rise come una matta Alessandra, passandosi la mano sul sopracciglio destro e guardando il liquido biancastro sulle dita. "Da quanto non venivi?"

Lui espirò soddisfatto, cosciente di aver svolto il suo ruolo di maschio alfa.

"Hai visto che sborrata, amore?" mi chiese all'improvviso Alessandra. Si era ricordata che esistevo anch'io, dopotutto. "E tu invece, tutto lì?"

Guardò la sborrata vicino ai miei piedi. Nonostante la quantità fosse ben superiore alla mia media, era nulla in confronto a quella di Gianni.

"Allora, per punizione, adesso vieni qui e lecca."

Indicò la sua pancia e le zone dove era schizzata.

"Stai scherzando?"

Osservai la sua espressione. Cazzo, no! Era seria! Voleva davvero che leccassi la sborra di Gianni!

"Ma dai..."

"Glielo hai preso in bocca" mi disse con voce sprezzante. "Metà del lavoro l'hai già fatto. Forza!"

Mi avvicinai lentamente, timoroso. Questa era davvero una situazione limite, una sottomissione in tutto e per tutto. Guardai le innumerevoli strisciate e gocce di liquido seminale. Abbassai la testa molto piano. All'improvviso lei mi prese i capelli e mi tirò giù fino a farmi sbattere la faccia sulla sua pancia.

"Ho detto lecca!"

Arreso al mio nuovo ruolo, tirai fuori la lingua e iniziai a leccare lo sperma del suo amante. Salato, denso, viscoso. All'inizio ebbi un moto di repulsione, poi ci presi gusto. Leccai in lungo e in largo il corpo sborrato di Alessandra.

Nonostante tutto, nonostante fossi appena venuto, nonostante stessi facendo la figura del povero cornuto, sentivo che il cazzo mi era tornato duro come prima e stava sbattendo contro la parte bassa del letto.

"Guarda com'è bravo!" disse Alessandra a Gianni. "Gli piace proprio!"

E sì, in effetti, mi piaceva proprio. Mi piaceva farmi umiliare, mi piaceva leccare il seme di un altro.

Quella fu l'ultima volta in cui fui partecipe in un rapporto a tre. Da lì in avanti, Alessandra mi riservò il ruolo di guardone segaiolo, a volte leccasperma, a volte umiliato a gesti e parole.

Avevo trovato la mia nuova ragione d'essere.

Una strana visita dal ginecologo

Mi è sembrato strano che mio marito abbia prenotato una visita per me da un nuovo ginecologo che non conoscevo. Eravamo a cena in un ristorante del centro di X, quando Giulio me l'ha detto: "Alessandra, ho pensato di accompagnarti da un ginecologo. Ci sono un paio di cose che vorrei sapere su di te, spero che non ti dispiaccia se ne parliamo con un medico".

Gli ho chiesto: "Giulio, cosa vuoi chiedere a un ginecologo che mi riguardi? Non riesco a capire di cosa tu stia parlando. E poi non hai mai voluto accompagnarmi quando andavo a fare le visite dalla mia solita dottoressa! La conosci benissimo anche tu, è stata anche al nostro matrimonio, perché non ne parliamo con lei, se hai qualcosa da chiederle?".

Lui mi ha risposto: "Amore, stai tranquilla, ti solo sto portando da un medico di mia fiducia. Vedrai che andrà tutto bene".

E così, alle tre del pomeriggio del giorno dopo, è passato a prendermi in macchina in ufficio e mi ha accompagnato nello studio del ginecologo dove aveva prenotato la visita.

Siamo entrati in un ambiente molto elegante, dove le salette di attesa erano separate. Ci hanno fatto accomodare in una con un divano molto comodo, dove ci siamo seduti insieme, poi la segretaria che ci aveva accompagnato ha chiuso la porta.

Lui mi ha dato un bacio sulla bocca: "Amore, stai tranquilla, è un medico bravissimo".

Dopo pochi minuti, ha aperto una porta un'infermiera vestita con una divisa piuttosto elegante, color crema, che ci ha detto: "Prego, accomodatevi, il dottor Sismondi vi sta aspettando".

Siamo entrati nello studio del medico, arredato come se fosse una biblioteca: libri alle pareti, mobili di legno antico, e una scrivania di mogano dietro alla quale si è subito andato a sedere il dottor Sismondi, che si era alzato per riceverci.

Mio marito ha aperto il discorso: "Dottore, ho prenotato una visita per mia moglie perché volevo parlarle di alcuni problemi che mi risulta lei segua con più attenzione di altri. Non tutti i ginecologi sono attenti alle problematiche delle donne che hanno anche rapporti particolari, come nel caso di mia moglie...".

Il dottore allora gli ha detto: "Prego, si sieda pure", mentre invece a me non ha rivolto l'invito a sedermi. L'infermiera mi ha infatti detto subito: "Signora, mi segua che la preparo per la visita".

Mi ha accompagnato dietro un separé, dove mi hai indicato una seggiola e mi ha chiesto di spogliarmi, tenendo solo la camicetta e il maglioncino che indossavo. Mi sono spogliata, come faccio sempre dal ginecologo, ma questa volta per qualche motivo provavo una strana vergogna. L'infermiera mi ha quindi fatto indossare una specie di gonnellina di tessuto con delle aperture laterali. Mi ha dato anche un paio di pantofoline, che ho subito indossato. Mi ha quindi riaccompagnato nella sala stanza dove mio marito il medico stavano ancora parlando.

La donna ha detto al dottor Sismondi: "Vuole che cominci a farla accomodare?".

Il dottor Sismondi ha detto: "Sì, grazie mille!".

L'infermiera mi ha fatto sedere sulla solita sedia ginecologica e mi ha fatto alzare le gambe per appoggiarle sulle staffe che servono a tenerle divaricate. Ha quindi insistito perché mi spostarsi un po' più avanti con il bacino, cosicché fosse più facile per il dottore eseguire la visita.

Sono rimasta in quella posizione, sempre più imbarazzata, non sapevo neanch'io perché, mentre mio marito è il dottor Sismondi continuavano a chiacchierare, perché a quanto pare giocano insieme a golf. Stavano infatti discutendo di un torneo a cui avevano partecipato insieme, quando finalmente il dottor Sismondi si è finalmente accorto che ero già pronta per la visita, accomodata sulla sedia ginecologica, e con le gambe spalancate.

Allora si è alzato dalla sua poltrona e ha detto a mio marito: "Vieni caro" - adesso gli dava del tu - "andiamo a vedere come sta tua moglie".

Quando si è avvicinato verso di me, mi ha chiesto con un tono di voce gentilissimo: "Le dispiace se fissiamo le gambe in modo tale da evitare un suo movimento brusco, nel caso in cui la visita potesse rivelarsi un po' dolorosa? Meglio se rimane ferma...".

Me l'ha detto in un tono di voce così gentile che gli ho risposto di sì, senza neanche capire bene perché una visita dovesse essere dolorosa. L'infermiera ha quindi fissato le mie gambe con delle cinghiette di cuoio di cui non mi ero accorta e che ha girato intorno alle mie cosce e ai polpacci.

L'infermiera ha quindi estratto da una da uno scomparto della sedia ginecologica un'altra cintura che ha utilizzato per fissarmi anche la vita alla poltrona.

A questo punto, però, cominciavo a non capire bene cosa mi stesse succedendo, ma il dottor Sismondi mi ha subito detto che la visita avrebbe riguardato un problema che ho nei rapporti col mio marito: "Signora, so che per lei il coito anale è molto doloroso, e quindi oggi le farò una visita che riguarderà sia lo stato dei suoi genitali, ma dovremmo anche capire se la dolorosità della penetrazione anale dipende da problemi fisiologici o dal fatto che magari lei ha la cattiva abitudine di tenere l'ano troppo contratto durante i rapporti".

Ho capito perché mio marito Aveva insistito tanto a farmi incontrare il dottor Sismondi punto purtroppo facciamo una fatica terribile ad avere rapporti anali anche se io non ho niente in contrario, in teoria ma in pratica e rapporti sono così dolorosi che spesso dobbiamo interromperli, proprio perché non riesco a sopportarli. Ne avevo già parlato con Giulio, ma non immaginavo che lui sarebbe arrivato al punto di farmi vedere da un medico.

A questo punto mio marito mi ha dato la mano e ha detto: "Cara, cerchiamo solo di capire se possiamo fare qualcosa

per avere rapporti anali che non siano troppo faticosi per te.
E poi è rimasto in piedi di fianco a me, sempre tenendomi
la mano, mentre il dottor Sismondi si infilava un botto di
lattice e infilava delicatamente un dito nella mia vagina.
La visita sembrava assolutamente identica a tutte le altre
che avevo fatto da un ginecologo fino ad allora. Il dottore
ha esplorato con attenzione le mie cavità interne e poi ha
preso uno speculum che ha inserito nella mia vagina, esattamente come fanno tutti gli altri ginecologi. Poi lo ha
estratto e lo ha messo in un piccolo catino che teneva di
fianco al lettino, si è cambiato i guanti di lattice e ne ha
indossati un altro paio e mi ha detto: "Gentile signora,
adesso la visita potrà essere un po' fastidiosa, soprattutto
perché sappiamo già che lei ha qualche difficoltà nelle re-
lazioni anali. Le chiedo di restare la più tranquilla possibile,
anche se sentirà qualche dolore".

Ha quindi afferrato la confezione di un gel con un colore
diverso da quello che aveva usato precedentemente e ne ha
prelevato un po'. Poi, con molta delicatezza, ha inserito nel
mio ano il dito su cui aveva spalmato sulla punta un po' di
gel.

Ero talmente imbarazzata per il fatto che la visita si svolgesse davanti a mio marito e che riguardasse un nostro problema così intimo, che ho immediatamente contratto l'ano, appena ho sentito il dito che si faceva strada nelle mie terga.

il dottor Sismondi se n'è subito accorto e mi ha detto con un tono di voce sempre molto educato: "Signora, la prego di collaborare: cerchi di rilassare i suoi muscoli, così che io possa capire cosa possiamo fare per aiutare lei e suo marito ad avere rapporti anali".

Ma per me era assolutamente impossibile rilassare quella parte del corpo e il dottor Sismondi, dopo aver atteso un attimo, senza muovere il dito, mi ha detto: "Credo purtroppo che la visita sarà dolorosa, come le avevo già preannunciato".

Ha continuato Infatti a spingere il suo dito dentro il mio ano, questa volta con una decisione che non mi sarei mai aspettata. Ho stretto la mano di mio marito, perché volevo che capisse quanto gradevole era per me la visita di Sismondi.

Ma lui ha detto: "Cara, cerchiamo e arrivare fino alla fine della visita così da capire qual è il problema di cui soffri". Sismondi ha continuato l'esplorazione, per me sempre più dolorosa, fino a quando mi ha detto: "Signora, credo che lei abbia esclusivamente un problema psicologico: voglio visitarla meglio per capire se le sue difficoltà nell'avere un rapporto anale non derivino dalla sua involontaria contrazione, durante i rapporti".

Ha quindi estratto con delicatezza il suo dito, ha preso ancora la confezione il lubrificante, ne ha di nuovo fatto scendere qualche goccia sul guanto di lattice e a questo punto ha infilato tutte e due le dita nel mio ano. Ho urlato dal dolore, mentre mio marito continuava a tenermi la mano.

Ho sentito Sismondi che proseguiva la sua esplorazione, mentre Istintivamente cercavo di allontanarlo da me, ma non potevo fare nulla perché le gambe e la vita erano bloccate dalle cinghiette. Allora l'ho implorato, senza vergogna: "Per favore la smetta, per favore, basta!".

Lui mi ha risposto sempre in quel modo calmo e gentile che ormai capivo non presagiva nulla di buono: "Mia cara,, credo che lei abbia solo un'istintiva reazione di repulsione appena sente qualsiasi tipo di stimolazione anale", e poi ha di nuovo effettuato una specie di semicerchio con le dita nel mio ano, a quale io ho risposto con un'altra invocazione: "Per favore, la smetta, per favore!".

Lui allora estratto delicatamente le dita e ha detto a mio marito: "Giulio, credo che sarà possibile avere rapporti anali con tua moglie, ma ogni giorno, prima di ogni tentativo di penetrazione, dovrai inserirle degli speciali dilatatori che dovrà indossare almeno per un paio di ore prima del rapporto".

Il dottor Sismondi si è quindi avviato verso un armadietto, dal quale ha estratto una scatola che ha poi appoggiato sul tavolino di fianco alla sedia ginecologica.

Ha quindi detto a mio marito: "Ti insegno a inserirli, mettiti anche tu un paio di guanti di lattice".

Mio marito allora ha lasciato la mia mano e si è infilato i guanti che gli porgeva il dottore. Si sono quindi sistemati tutti e due di fronte a me, mentre l'infermiera allentatavi leggermente la cinghia che mi teneva stretta in vita e mi diceva due: "Signora, dovrebbe spostarsi ancora più in avanti".

Ho seguito docile le sue indicazioni, perché sapevo che non avrei potuto fare altrimenti. Il dottor Sismondi ha quindi ulteriormente alzato le staffe della sedia di modo che il mio ano fosse completamente esposto e ha detto a mio marito: "Ne inserisco uno io, dovrai sempre cominciare da quello più piccolo, per poi aumentare la dimensione".

Il dottore ha quindi estratto dalla scatola un piccolo cono che finiva con una specie di pallina più grande, lo ha bagnato con il gel, e lo ha quindi appoggiato sul mio ano, facendolo penetrare solo di qualche millimetro.

Ho capito che la forma dei dilatatori era tale che sarebbe stato facilissimo inserirli nel mio ano, senza che io potessi opporre nessuna resistenza. Il dottor Sismondi ha infatti cominciato le sue manovre per inserire il dilatatore che ha spinto all'interno con una discreta forza. Ho cercato di nuovo Istintivamente di alzarmi dalla sedia per difendermi da quel corpo estraneo, ma non ho potuto perché ero bloccata.

Allora ho supplicato di nuovo il dottore: "Per favore me lo tolga, per favore, mi fa male!".

Lui ha fatto finta di non avermi sentito e ha detto invece a mio marito: "Prendi quello un po' più grande dalla scatola che ti faccio vedere come lo devi inserire".

Mio marito ha preso il dilatatore ed è venuto a mettersi di fianco al dottore, che ha sfilato Il cono che aveva inserito nel mio ano e lo ha messo nella vaschetta insieme allo speculum.

Mio marito si è quindi posizionato davanti a me, mentre il dottor Sismondi faceva cadere qualche goccia di gel sulla punta del nuovo dilatatore. Poi Sismondi ha detto a mio marito: "è meglio aprirle l'ano con due dita, quando i dilatatori aumentano di dimensione. E quando sarete a casa, è meglio che sua moglie si metta in ginocchio, magari di fianco al letto: sarà più facile inserirli".

A questo punto ho sentito mio marito che spalancava il mio ano con due dita e infilava la punta del dilatatore dentro le mie terga. Sapevo che non sarebbe stato possibile impedirgli il penetrarmi per via della forma conica del dilatatore. Mio marito ha infatti cominciato a spingere dentro l'intruso, mentre io avevo l'impressione che a penetrarmi non fosse un piccolo cono color nero, ma un oggetto grandissimo che mi avrebbe spaccata a metà.

Ho allora implorato Giulio: "Per favore, fermati!", ma Sismondi gli ha detto: "Non aver paura, le farai male le prime volte, poi a poco a poco l'ano comincerà a dilatarsi e sentirà meno dolore".

Mio marito ha continuato a spingere il dilatatore dentro l'ano, mentre io cercavo di nuovo, in un vano tentativo di difesa alzarmi dalla seggiola per strappare via l'oggetto che mi sembrava stesse lacerando le mie terga.

Ma Sismondi sembrava soddisfatto del risultato: "Vedi, Giulio, con molta pazienza potrai ottenere degli ottimi risultati. Dovrai utilizzare sempre i dilatatori in scala, dal più piccolo al più grande. Ti consiglio di farlo ogni giorno e di lasciarle inserito il dilatatore più grande, quando riuscirai ad arrivarci, per un paio d'ore. Vedrai che all'inizio tua moglie non riuscirà a fare grandi cose e dovrà probabilmente restare sdraiata sul letto, ma poi, a poco a poco, potrà muoversi per la casa e fare qualche piccola attività, anche mentre Indossa i dilatatori ".

A questo punto dottor Sismondi mi ha rivolto la parola e ha detto: "Cara Alessandra, oggi abbiamo dovuto usare il trucco delle cinghie per tenerla tranquilla, ma quando sarete a casa, dovrà sempre collaborare con suo marito. Non le può succedere nulla con i dilatatori, perché hanno appunto l'effetto di far rilasciare lentamente il suo ano. Ma ci vorrà molta pazienza per raggiungere dei buoni risultati".

Mio marito continuava a tenere premuto dentro di me il dilatatore, fino a quando Sismondi non gli ha detto: "Ecco, sfilalo lentamente, e quando inserirai quello della misura successiva, ricordati di usare di nuovo un po' di lubrificante".

Mio marito allora ha estratto con delicatezza il dilatatore per poi buttarlo dentro la vaschetta e togliersi i guanti chirurgici. Mi ha quindi carezzato una gamba con delicatezza: "Alessandra sei stata brava, vedrai che non sarà difficile continuare a casa da soli".

L'infermiera con l'uniforme color crema ha quindi slacciato le cinghiette che mi tenevano legata alle gambe e ha slacciato anche la cinghia che mi teneva ferma in vita. Mi ha quindi aiutato rialzarmi, perché mi girava la testa e mi sentivo debolissima.

Il dottore però non mi ha lasciato rivestire ma ha detto: "Alessandra, rimanga ferma un momento, che voglio vedere quali sono stati i primi risultati".

Gli ho chiesto se dovevo di nuovo sistemarmi sulla sedia ginecologica, ma lui ha risposto: "No, preferisco che rimanga in piedi, l'aiuterà l'infermiera a sostenersi. La donna si è posizionata davanti a me, mi ha preso le mani, le ha poggiate sulle sue spalle e mi ha quindi afferrato per la vita di modo' che restassi in posizione eretta. Ho sentito Sismondi che infilava di nuovo due dita nel mio ano, che mi sembrava ancora stretto e duro come prima delle manovre che avevo dovuto subire.

Ha di nuovo compiuto delle dolorose rotazioni delle dita nel mio ano, alle quali ho reagito con un grido soffocato: era peggio di prima. Ma lui sembrava contento, perché ha detto a mio marito: "Ci sono già stati dei miglioramenti, dovrete continuare per un mese, e poi ci rivedremo", e ha quindi tirato fuori le dita, si è tolto i guanti e li ha buttati in un cestino. Poi si è avviato verso la sua scrivania insieme a mio marito.

Ho chiesto all'infermiera se mi potevo rivestire, ma lei mi ha detto che voleva mettere nel mio ano un po' di crema anestetica, così da aiutarmi superare le prime dilatazioni.

Sono di nuovo rimasta in piedi mentre la donna si infilava dei guanti chirurgici ed estraeva la crema dall'armadietto. Non mi è sembrato che facesse nulla per essere gentile con me, perché ho di nuovo sentito le sue dita entrare con prepotenza nel mio ano per poi compiere una delle rotazioni così dolorose che aveva fatto anche Sismondi. L'operazione si è svolta due volte e poi lei mi ha detto: "Dovrà aspettare qualche minuto perché faccia effetto, ma si può rivestire".

Mi sono infilata la gonna, le calze, le scarpe e sono andata verso la scrivania dietro la quale adesso si era seduto Sismondi, mentre mio marito era accomodato nella solita sedia di fronte. Questa volta Sismondi ha detto: "Si sieda pure, Alessandra" e poi ha chiesto all'infermiera: "Può portare un cuscino per la signora?".

L'infermiera si è presentata con un cuscino che aveva l'aria di essere molto soffice, sul quale mi sono seduta con molta attenzione.

Sismondi mi ha detto: "Cara Alessandra, potrà utilizzare un anestetico contro il dolore, ma solo dopo le dilatazioni. È necessario che lei si abitui anche mentalmente al dolore che potrebbero provocarle, perché la cura abbia effetto. Se dovessimo utilizzare un anestetico, lei poi non riuscirebbe poi a sopportare il fastidio di una penetrazione anale".

Sismondi mi quindi ha guardato negli occhi per la prima volta e ho capito che sapeva perfettamente quanto sarebbe stato difficile per me tollerare la cura che mi aveva prescritto. Non ho replicato nulla. Lui e mio marito hanno chiacchierato ancora per qualche minuto, poi ci siamo alzati e Sismondi ha messo nelle mani di mio marito una scatola uguale a quella da cui aveva estratto i dilatori, poi mi ha detto: "Ci rivediamo tra un mese".

Io e Giulio siamo usciti dal suo studio abbracciati, lui era dolcissimo, mi ha preso la mano e me l'ha baciata: "Grazie

Alessandra". È già passato un mese da quel giorno e posso dire che la cura di Sismondi ha funzionato.

Mio marito non ha lasciato passare una sola sera senza utilizzare i dilatatori. I primi giorni sono stati terribili, perché il mio ano era in uno stato di infiammazione perenne, e sembrava che ad ogni nuova dilatazione la situazione peggiorasse. Ma poi, dopo un paio di settimane, ho cominciato a provare meno dolore anche durante i rapporti che seguivano gli esercizi con il dilatatore. Mio marito infatti ha continuato a incularmi tutte le sere, per un mese di seguito, senza più entrare nella mia vagina. Mi ha spiegato che avrebbe ricominciato fare l'amore anche davanti solo dopo che il mio ano fosse migliorato al punto di lasciarlo passare senza fatica. So che mio marito mi ama e non mi lascerà mai, ma so anche quanto è importante che raggiunga una soddisfazione sessuale piena, senza che vi sia nulla per impedirgli di arrivare al godimento nel modo che piace a lui.

Ho aspettato che passasse il mese stabilito da Sismondi e poi gli ho chiesto io di tornare dal dottore. Volevo che mio marito ricominciasse a fare l'amore passando anche dall'entrata principale, ma sapevo che lui voleva essere certo che anche la mia entrata posteriore potesse continuare ad accoglierlo senza tornare ai tempi in cui era completamente chiusa.

E adesso sono di nuovo sdraiata sulla sedia ginecologica, mentre Sismondi sta di nuovo visitando il mio ano. Ha infilato due dita nelle terga e le sta di nuovo facendo ruotare per verificare che non provi dolore. Riesco a tollerare la pressione delle sue dita senza più il bisogno di usare le cinghiette per tenere ferme le gambe. Questa volta non le hanno usate, ho le gambe libere, appoggiate sulle stanghe. Rimango immobile, non provo più a scappare.

Sismondi sembra soddisfatto: estrae le dita e prende il più grosso dei dilatatori dalla sua scatola e me lo infila nell'ano senza troppa delicatezza. Ma io resisto: il dolore è quasi completamente scomparso e riesco a rimanere immobile sul lettino ginecologico. Sismondi infila il dilatore molto profondamente e lo fa scorrere avanti e indietro, attento a scrutare le mie eventuali reazioni. Ma io rimango perfettamente tranquilla, ormai so che la mia entrata posteriore è pronta ad accogliere mio marito tutte le volte che vorrà. Poi Sismondi estrae il dilatore e dice a Giulio: "Tua moglie è migliorata tantissimo, non avrete più bisogno di me!". Mio marito infatti mi prende la mano e dice: "Amore, ti ringrazio, sei stata bravissima…".

So che questa sera mi prenderà davanti e poi mi inculerà.
Con la dolcezza dimostrata in tutto quest'ultimo mese, in
cui non ha mai smesso di amarmi teneramente, felice finalmente di poter godere di ogni parte di me. Sono contenta
quando lui è felice. Così è l'amore.

Visita al castello

I genitori del mio futuro marito Emanuel abitano in un castello di una regione francese che non voglio nominare. Li ho incontrati un paio di volte a Parigi: siamo andati insieme al ristorante. La mia futura suocera è una donna molto bella, magrissima, elegante, piuttosto fredda, accompagnata da un marito algido e austero, tanto elegante come lei.

Emanuel mi ha invitato a passare un weekend con i suoi genitori nel castello dove abitano, e dove faremo la festa di nozze.

Quando siamo saliti in macchina per uscire dalla città e avviarci verso il castello, Emanuel ha cominciato a fare degli stranissimi discorsi. Mi ha detto che la sua è una famiglia molto unita e che sua madre è una donna severa, che veglierà sul fatto che io mi comporti come una buona moglie. Gli ho chiesto cosa mai stesse dicendo.

Lui mi ha risposto: "Stiamo andando dai miei genitori proprio perché tu capisca che non sarà così facile essere mia moglie. Nella mia famiglia ci sono standard molto elevati".

Gli ho chiesto cosa significava quell'espressione "standard molto elevati", e lui mi ha detto che lo avrei scoperto in fretta.

Quando siamo arrivati del Castello, siamo stati subito ricevuti da sua madre che mi guardava con un'aria più interessata dell'ultima volta in cui c'eravamo viste. Anzi, direi che mi scrutava come se volesse valutarmi, adesso che ero nel suo territorio. Ci ha accompagnato in una bellissima sala, dove un maggiordomo ci ha servito il tè con dei meravigliosi dolcetti. Abbiamo chiacchierato per qualche minuto, mentre io mi guardavo intorno in quella stanza bellissima con delle tende verdi alle finestre affacciate sul parco, e poi sua madre, di punto in bianco, mi ha detto che nel castello le donne devono fare quello che vogliono i loro mariti. Il fatto che io non fossi ancora sposata mi metteva nella posizione di dover assolutamente conoscere gli stili di vita delle donne della famiglia di suo figlio Emanuel. Meglio saperlo subito, nel caso in cui avessi voluto cambiare idea e tornare sui miei passi.

Ero sempre più stupita da questo stranissimo discorso, ma il mio futuro marito è venuto a sedersi vicino a me, mi ha preso il mento tra le dita e mi ha detto che dopo il nostro weekend, avrei potuto decidere se sposarlo o meno. E poi mi ha chiesto: "Ludovique, se vuoi ti riaccompagno in città".

Era tutto troppo vago, perché gli dicessi che volevo tornare a Parigi e gli ho risposto che sarei stata felice di passare il weekend insieme a lui ai suoi genitori. Sua madre allora mi ha detto che dovevo essere preparata per la serata. Ha chiamato il maggiordomo e gli ha detto: "Deve preparare la signora per la cena".

Ho guardato con aria interrogativa Emanuel, che mi ha detto: "Tesoro, seguilo, ti raggiungo tra poco. Mi raccomando, fai tutto quello che ti dice".

Allora mi sono alzata e ho seguito il maggiordomo. Sono stata accompagnata al secondo piano, in una stanza matrimoniale arredata molto elegantemente, con un letto a baldacchino sul quale era appoggiato un accappatoio bianco. Ai piedi del letto, comparivano un paio di pantofole bianche.

Il maggiordomo mi ha detto: "Signora, la prego, si spogli e si metta l'accappatoio".

Allora gli ho chiesto: "Potrebbe uscire, per favore?".

Ma lui ha risposto: "Mi dispiace, devo controllare che lei faccia tutto quello che le viene richiesto".

Allora gli ho chiesto: "Si può almeno voltare mentre mi spoglio?".

Lui mi ha risposto con un sorriso: "No, lei deve semplicemente fare quello che le chiediamo senza avanzare nessuna richiesta".

Mi sono domandata se non valesse la pena uscire dalla stanza, correre giù dalle scale e chiedere al mio futuro marito cosa stava succedendo. Mi sono immaginata la scena di me che arrivavo davanti a lui e sua madre e dicevo: "E' normale che un maggiordomo mi chieda di spogliarmi davanti a lui?". Mi sarei persino vergognata a chiederglielo.

Ma proprio in quel momento è entrato Emanuel nella stanza. Mi ha guardato stupito e ha detto: "Tesoro non ti sei ancora spogliata?".

Gli ho risposto: "Devo veramente farlo davanti al maggiordomo?".

A quel punto, Emanuel è sembrato leggermente irritato: "Cara devi fare tutto quello che ti verrà chiesto durante questo weekend, senza mai discutere. Ricordati che sei sempre libera di andartene ma ti chiedo di decidere subito se te ne vuoi andare, per evitare di interrompere un weekend che servirà a far capire anche ai miei genitori se tu sei una donna in grado di entrare nella nostra famiglia".

Poi Emanuel si è seduto su una poltroncina della stanza e io ho cominciato a spogliarmi in silenzio, mentre il maggiordomo osservava la scena con aria impassibile. Mi sono tolta la camicetta, poi la gonna, le scarpe, le calze autoreggenti e poi con grande esitazione ho tolto anche il reggiseno e gli slip.

Il maggiordomo, sempre più inespressivo, allora è venuto verso il letto, ha preso i miei vestiti e mi ha porto l'accappatoio che mi sono subito messa. Mi ha quindi indicato le pantofoline che ho infilato ai miei piedi. Poi ha aperto la porta e mi ha detto di aspettare perché sarebbe arrivato qualcuno ad occuparsi di me.

Sono rimasta da sola con Emanuel e gli ho chiesto: "Vuoi davvero che faccia tutto questo?".

Lui mi ha risposto: "Se vuoi entrare nella mia famiglia, sì. Vedrai che non è poi così difficile fare quello che ti chiederemo".

Dopo pochi minuti, ha bussato qualcuno alla porta. Emanuel ha risposto: "Avanti!".

Si è presentata una ragazza vestita di bianco, non ho capito se fosse un'infermiera, non so. Spingeva carrellino sul quale erano disposti una serie di oggetti, tra cui un rasoio e una vaschetta piena di acqua calda e una serie di asciuga-mani.

La ragazza ha sistemato gli asciugamani sul letto, poi mi ha sorriso e mi ha chiesto di togliermi l'accappatoio e sdraiarmi sugli asciugamani. Mi sono tolta l'accappatoio e mi sono sdraiata sul letto, appoggiando la testa sul cuscino. Lei mi ha chiesto se potevo mettermi di traverso e aprire le gambe, perché doveva depilarmi i genitali. Ho guardato Emanuel, ma lui non ha neanche risposto alla mia occhiata: si era messo a leggere un libro trovato nella stanza. Allora mi sono messa come la ragazza aveva chiesto, ma lei mi ha detto che dovevo spostarmi ancora più in avanti. Ho fatto tutto quello che voleva. Mi sono trovata a mostrare i genitali a una ragazza che non avevo mai visto.

lei allora ha preso una crema e l'ha sparsa su tutta l'area della vagina e ha cominciato a depilarmi con il rasoio. Non mi guardava neanche in faccia, tanto era intenta a fare il suo lavoro.

Mi vergognavo terribilmente: mi era già successo qualche volta di depilarmi da sola perché sapevo che a Emanuel piaceva vedermi senza peli sui genitali, ma mai avrei immaginato che qualcuno potesse farlo al posto mio.

La ragazza ha continuato con il rasoio e fino a quando mi ha chiesto se potevo allargare ancora di più le gambe e spostarle verso l'alto così che potesse finire il suo lavoro. Ha continuato rasare i miei genitali, fino a quando ho capito che aveva finito, perché mi ha passato una spugna calda per togliere tutti i residui della depilazione.

A questo punto, la ragazza ha suonato un campanello che si trovava sul comodino e mi ha detto aspetti a rivestirmi, perché non aveva ancora finito. Dopo neanche un minuto, si è presentato di nuovo il maggiordomo che è entrato portando con sé uno di quegli apparecchi che servono per fare i clisteri. La sacca era appoggiata sopra un'asta con le rotelle. L'uomo si è avvicinato a letto con l'obiettivo di spostare l'apparecchio il più possibile vicino a me. La ragazza mi ha chiesto se potevo girarmi sulla pancia, appoggiando la testa sul cuscino.

Mi sono girata ancora per guardare Emanuel, ma lui continuava a leggere il suo libro. Ho capito che non sarebbe venuto in mio soccorso.

Mi sono voltata, esponendo le mie terga alla vista anche del maggiordomo. La ragazza si è infilata allora dei guanti di lattice e ha preso in mano un tubetto di crema. Ne ha fatto uscire un po', appoggiandola sulla punta del dito e ho sentito il suo indice che entrava nel mio ano per ungerlo e rendere possibile l'ingresso della cannula del clistere.

Ho cercato di restare il più tranquilla possibile, perché ormai era troppo tardi per alzarmi e scappare. Dopo qualche secondo ho sentito infatti la cannula del clistere che penetrava delicatamente nel mio ano. Il maggiordomo era ancora in piedi vicino al letto, mentre la ragazza ha azionato la levetta che faceva entrare l'acqua tiepida nelle mie viscere.

Ho sentito allora la voce di Emanuel che diceva: "Mia cara, questa è una pratica che dovrai imparare a tollerare, perché da questa sera cominceremo anche ad avere i rapporti anali che eri sempre rifiutata di avere. Ti dico subito che le donne della nostra famiglia non si vergognano di essere inculate davanti a qualcuno dei loro familiari, ma soprattutto non si vergognano a sottoporsi a queste semplici pratiche igieniche che adesso stai sperimentando anche tu"

Mi è sembrato strano non solo che il mio futuro marito parlasse di pratiche igieniche, riferendosi ai clisteri, ma che per la prima volta utilizzassi un termine così crudo: "Inculare", mai usato prima, ma che soprattutto lo utilizzasse davanti al maggiordomo e alla ragazza sconosciuta.

Non ho detto nulla, perché ormai sentivo l'acqua tiepida che stava entrando dentro di me e volevo solo restare tranquilla, così da arrivare alla fine e poter finalmente scaricarmi in bagno. Ma dopo pochi minuti, la ragazza ha detto al maggiordomo: "Puoi aggiungere altra acqua?". Ho girato la testa e ho visto che l'uomo versava dell'altra acqua tiepida dentro alla vaschetta del clistere.

L'acqua ha continuato a entrare nelle mie viscere, provocandomi una sgradevole sensazione di invasione. Avevo voglia di liberarmi di tutta quell'acqua entrata con la forza dentro di me e ho chiesto se era possibile andare in bagno. Mi ha risposto il maggiordomo con un tono duro: "Le diremo noi quando abbiamo finito".

Ma ormai avevo la sensazione che il mio ventre stesse per esplodere. Ho chiesto di nuovo quanto tempo mancava per finire. Il maggiordomo mi ha risposto: "Non si preoccupi, manca pochissimo".

Dopo pochi secondi, ho sentito infatti la mano della ragazza che divaricava leggermente le mie terga per estrarre la cannula del clistere. Ho cercato subito di alzarmi per andare in bagno, ma il maggiordomo mi ha risposto che dovevo aspettare ancora qualche minuto. Sono rimasta immobile, mentre qualche perla di sudore cominciava a scendermi sulla fronte per la fatica di trattenere l'impulso di liberarmi. Dopo circa un paio di minuti, il maggiordomo mi ha detto: "Si metta l'accappatoio e vada pure in bagno".

Mi sono infilata l'accappatoio e sono corsa in bagno dove finalmente sono riuscita a liberare le mie viscere. Ho aspettato ancora qualche minuto per essere sicura di aver espulso tutta l'acqua e poi sono tornata nella stanza. La ragazza se n'era andata e il maggiordomo stava preparando dei vestiti per la serata sopra una poltrona.

Mi ha detto: "Le preparo un bagno caldo che la lavo, si sdrai pure sul letto".

Mi sono sdraiata mentre Emanuel continuava a leggere il suo libro: non l'avevo mai visto così freddo nei miei confronti. Poi però ha alzato gli occhi e mi ha detto: "Sei stata brava, Ludovique, vedrai che andrà tutto bene".

Non sono riuscita a rispondere nulla, perché nel frattempo era entrato il maggiordomo che mi ha detto andare in bagno, perché l'acqua era pronta.

Sono entrato in bagno con l'accappatoio, me lo sono tolta e sono entrata nella vasca. L'uomo ha cominciato a insaponarmi i capelli con uno shampoo poi me li ha sciacquati con un po' d'acqua e quindi è passato a lavare tutto il mio corpo. Ha cominciato dai piedi, poi è salito e mi ha lavato con attenzione i genitali, per poi insaponare con molta cura anche il mio ano. Poi ha lavato il seno e le braccia, e quindi mi ha fatto alzare in piedi, utilizzato la doccia per sciacquarmi perfettamente.

Mi ha quindi fatto uscire dalla doccia e mi ha avvolto in nuovi asciugamani che teneva al caldo. Mi ha poi fatto sedere su una poltroncina rivestita di una tappezzeria fiorata e mi ha asciugato i capelli con il phon, per poi raccoglierli in uno chignon stretto sopra la testa.

Mi ha quindi di nuovo fatto alzare in piedi, ha tolto gli asciugamani nei quali ero ancora avvolta e mi ha massaggiato tutto il corpo con una crema profumatissima.

Mi ha quindi fatto voltare di modo che gli porgessi le terga, e ho sentito il suo dito che si infilava nel mio ano e lo ungeva con la stessa crema che aveva utilizzato la ragazza prima di farmi il clistere.

Mi ha quindi accompagnato fuori dal bagno dove mi aspettavano i vestiti per la serata.

Mi sono infilata un reggiseno e un reggicalze abbinato a delle calze nere, ma ho notato che mancavano gli slip. Poi ho indossato un abito nero, lungo e scollato, con la gonna larga di un raso nero meraviglioso che cadeva morbidamente intorno ai fianchi. Le scarpe erano nere di raso con il tacco altissimo. A questo punto, Emanuel si è alzato e mi ha infilato intorno al collo una bellissima collana di diamanti e oro bianco con un fermaglio a forma di serpente arrotolato che lui ha chiuso con le sue mani, mentre mi dava un bacio sulle spalle lasciate scoperte dal vestito.

Poi mi hai preso per mano, Siamo usciti dalla stanza e mi ha accompagnato verso la sala dove si sarebbe svolta la cena. Suo padre e sua madre erano elegantissimi come sempre, vestiti lui con uno smoking e lei con un abito nero altrettanto elegante che il mio.

Mi hanno guardato con un sorriso leggermente malizioso, perché sapevano perfettamente quello che mi era stato fatto durante il pomeriggio. Il padre di Emanuel mi ha preso sottobraccio e mi ha detto: "Vieni Ludovique, abbiamo pensato di proporti una cena tutta di color bianco, perché tra una settimana sarai vestita di bianco al tuo matrimonio. Vedrai, sarà tutto buonissimo. Iniziamo con una pasta alla panna e limone, poi avremo un pollo con una glassa bianca fatto seguendo una ricetta di mia madre, e poi un dolce medievale che si chiama biancomangiare, alle mandorle, Vedrai che ti piacerà moltissimo".

Ci siamo seduti nella grande sala con i mobili di legno antico sui quali qualcuno aveva disposto mazzi di rose bianche sul tavolo e sulle credenze.

Dopo pochi secondi è entrato il maggiordomo che ha versato lo champagne nei nostri bicchieri. Mio suocero ha brindato a me: "Ludovique, benvenuta nella nostra famiglia!".

Ci sono quindi stati serviti i tagliolini con la salsa bianchissima, mentre mio marito e sua madre hanno cominciato a chiacchierare amabilmente di alcuni vicini che avrebbero voluto farmi conoscere. Il padre di Emanuel si è anche offerto di accompagnarmi il giorno dopo a fare un giro a cavallo nelle zone vicino al castello, dove a sentir lui c'è una vegetazione rigogliosa e selvaggia, che pensava mi sarebbe piaciuta moltissimo.

Siamo quindi arrivati al dolce che c'è stato servito dentro coppe d'argento. Il sapore era in effetti incredibile. La mamma di Emanuel ha allora alzato il calice e ha detto di nuovo: "Brindiamo alla sposa". Ci sono quindi stati serviti dei vini dolci e alla fine ci siamo alzati per andare verso il salotto. Ci siamo seduti nuovamente per chiacchierare, quando dopo qualche minuto è entrato di nuovo il maggior-domo. È venuto verso di me e ha detto "Signora, se non le dispiace l'aiuto ad accomodarsi".

Mi ha fatto alzare e quindi mi ha chiesto di inginoc-chiarmi, appoggiandomi contro un pouf che sembrava es-sere appena stato sistemato al centro del salotto. Ho seguito le sue istruzioni e mi sono inginocchiata. Il maggiordomo a questo punto ha scoperto le mie terga e mi ha chiesto di allargare leggermente le gambe. L'ho fatto perché ormai sa-pevo che era troppo tardi per alzarmi e andare via.

Ho sentito Emanuel che si alzava e veniva verso il pouf. Si è inginocchiato dietro di me e ho sentito che apriva i suoi pantaloni. Dopo pochi secondi, ho percepito la punta del suo membro rigidissimo che spingeva per entrare nel mio ano. Non avevo mai voluto che lui usasse l'ingresso secon-dario e all'improvviso mi rendevo conto che non solo lo stava facendo, ma eravamo anche di fronte ai suoi genitori che osservavano la scena. Ma le mie terga non erano pronte ad accoglierlo, perché ho sentito che Emanuel faceva fatica a farsi strada nel mio ano. Emanuel ha spinto allora con più forza e, senza volerlo, ho gridato.

Ho sentito immediatamente la voce della madre di Emanuel che diceva: "Ludovique, spero veramente che tu possa diventare una buona moglie per mio figlio!".

Poi anche il mio futuro suocero ha detto: "Cara, nella nostra famiglia le donne sono disponibili a fare tutto quello che chiedono i loro mariti, e spero che tu voglia seguire questa tradizione. Altrimenti, sono pronto a sconsigliare immediatamente a Emanuel un matrimonio che sarebbe per sua natura destinato a fallire".

Ho cercato di trattenere la voglia di lamentarmi, mentre Emanuel si faceva strada nel mio ano che sentivo dilatarsi con molta fatica sotto la pressione del suo membro. È intervenuta ancora sua madre: Ludovique, non sarà sempre come questa sera, vedrai che col tempo anche la tua seconda entrata diventerà morbida e accogliente come la prima. Devi solo lasciare che Emanuel la usi tutte le volte che vuole".

Emanuel ha continuato a penetrarmi sotto lo sguardo attento dei suoi genitori, mentre ormai io mi rendevo conto di essermi arresa completamente al mio futuro marito e ai miei futuri suoceri. Il maggiordomo è entrato ancora nella stanza per servire del whiskey ai genitori di Emanuel che hanno atteso che il figlio finisse di avere un rapporto con me.

Dopo che Federico ha eiaculato nel mio ano, mi ha bisbigliato un "Grazie" gentile e poi ha chiesto al maggiordomo di aiutarmi ad alzarmi. Ho sentito il maggiordomo che si avvicinava verso di me e mi puliva delicatamente le terga con una salvietta umida. Poi l'uomo mi ha fatto alzare e mi ha accompagnato alla poltrona. Mi sono seduta con una certa fatica.

I miei suoceri sembravano soddisfatti, perché la mamma di Emanuel mi ha detto: "Sono sicura che sarai una moglie perfetta, adesso non ho più dubbi!".

Il maggiordomo nel frattempo si è avvicinato e ha versato anche a me un goccio di whiskey.

Ho bevuto un sorso di liquore, mentre Emanuel si è avvicinato al mio orecchio e ha bisbigliato: "Lo sapevo che saresti piaciuta ai miei genitori...".

CPSIA information can be obtained
at www.ICGtesting.com
Printed in the USA
BVHW041224030321
601386BV00023B/757

9 781646 737598